Ilona Einwohlt

Wild und Wunderbar

Zwei Freundinnen gegen den Rest der Welt

Ilona Einwohlt wollte eigentlich Ernährungswissenschaftlerin werden. Aber dann las sie mitten in einer Chemievorlesung »Das andere Geschlecht« von Simone de Beauvoir – und widmete sich fortan der Literatur, insbesondere der für Mädchen und Frauen. Längst ist aus der Germanistikstudentin eine erfolgreiche Autorin geworden, die genau die Sprache der Mädchen trifft und Themen behandelt, die sie wirklich interessieren. Ilona Einwohlt, Jahrgang 1968, lebt mit ihrer Familie in Darmstadt. Mehr unter www.ilonaeinwohlt.de

Ilona Einwohlt

Wild und wunderbar

Zwei Freundinnen gegen den Rest der Welt

Arena

FSC
www.fsc.org
MIX
Papier aus verantwortungsvollen Quellen
FSC® C110508

1. Auflage 2018

Coverillustration und Vignetten: Inka Vigh
Gesamtherstellung: Westermann Druck Zwickau GmbH
ISBN 978-3-401-60430-5

www.arena-verlag.de
www.twitter.com/arenaverlag
www.facebook.com/arenaverlagfans

Shark und ich wurden in jener Nacht Freundinnen, als wir die Nacktschnecken in Maries Spind schmuggelten. Wir hatten uns heimlich in die Schule geschlichen und die benachbarte Kirchturmuhr schlug gerade Viertel vor neun. Vor uns lag der lange Korridor im Dämmerlicht und der typische Duft nach Schule hing in der Luft. Unter Tausenden von Gerüchen würde ich ihn herausriechen, es gab ihn nur einmal auf der Welt und er duftete überall gleich nach Käse-Salami-Brot, Lehrersocken und Lehrerinnenhaarspray, Kaugummi, Paprika, Knete und Pupse, durch die Gänge getragen von viel

zu warmer Heizungsluft. Dass Maries Spind bis zu uns hinüber lieblich nach Vanille-Mango roch, änderte die Sache kein bisschen, mir taten die armen Nacktschnecken jetzt schon leid, denn sie würden diesen Gestank aushalten müssen. Aber ich hatte keine andere Wahl. Ich musste es tun.

Shark atmete tief durch und blieb neben der Bronzebüste im Eingangsfoyer stehen, sie fühlte sich nicht wohl, das spürte ich ganz genau. Zu der stickigen Luft im Schulflur kam diese gespenstische Ruhe hinzu, die wir von jenen Räumen nicht gewohnt waren, hier herrschte sonst immer Getobe, Geschrei und Gelächter. Shark hätte nie im Leben zugegeben, dass sie eine Schneckenphobie hatte und dass ihr bammelig zumute war. Ihre linke Hand umklammerte so fest den Griff des Metalleimers, dass die Knöchelchen weiß schimmerten. Ich hingegen trug meinen lässig mit zwei Fingern. Wie eine Wilde hatte ich die Tierchen eingesammelt und hinterher hatte ich tagelang meine Hände abwischen müssen, um den Schneckenschleim wieder loszuwerden.

Wir nickten uns zu und liefen dann weiter, vorbei am Schulsanitätsraum, am Sekretariat und am Lehrerzimmer, vorbei an der grünen Vitrine mit den Pokalen, Urkunden und Medaillen aus den vergangenen glorreichen Tagen unserer Schulbasketballmannschaft. Direkt daneben hing die verblichene Fotocollage mit dem Kollegium unserer Schule und ich brauchte gar nicht erst hinzuschauen, um zu wissen, dass jemand einen Kaugummi auf das Gesicht meiner Mutter geklebt hatte. Sie gehörte mit den Fächern Mathe und Physik nicht zu den Lieblingslehrerinnen der Schulgemeinschaft. Das bekam auch ich immer wieder zu spüren – Marie stand bei ihr glatt Fünf.

Shark und ich wechselten abermals einen Blick, pirschten vorsichtig weiter und blieben dann vor Maries Klassenzimmer stehen. Stumm drückte mir Shark ihren Eimer in die Hand, ich spürte deutlich, dass sich ihrer bewegte. Genauer gesagt, schienen sich die Schnecken darin derart miteinander verknäult zu haben, dass sie wie ein dicker Matscheschleimklumpen auf und ab hüpften. Während ich konzentriert versuchte, nicht aus dem Gleichgewicht zu geraten, weil die Schnecken plötzlich erstaunlich schwer wurden, hatte Shark aus ihrer Jackentasche eine Dietrichsammlung gezogen und mit drei Umdrehungen – einmal nach links, einmal nach rechts und dann wieder links – das Türschloss geknackt.

Mit einem leisen Knarzen öffnete sie die Tür und zog mich am Ärmel in den Klassenraum, bevor sie sie hinter uns wieder zumachte. Durch die Fenster schimmerte schwach das Licht der Straßenlaterne, aber wir brauchten nicht lange zu suchen, wir erkannten Maries Spind sofort. Abgesehen von den vielen pinken Aufklebern, war er der einzige, der diesen Vanille-Mango-Duft verströmte und die Luft verpestete. Shark untersuchte fachmännisch das Vorhängeschloss und stellte fest, dass sie den kleinsten Dietrich von allen brauchen würde. Keine Minute später war der Schrank offen.

Wir hatten vorher nie darüber gesprochen, wie es wohl sein würde, die Schneckeneimer über ihr Sammelsurium an Büchern, Heftern und leeren Trinkflaschen auszuleeren, und hinterher war ich auch froh darüber, es nicht gewusst zu haben.

Aber ich hatte es geschafft.

Ich hatte ganz alleine zwei Eimer Nacktschnecken in Maries Spind gekippt, sie mit meinen Händen sorgsam geschichtet und sortiert und in Schach gehalten und die Tür schnell wieder zugemacht, bevor sie wieder hinausdrängeln konnten, nur eine musste ich zwischendurch aufsammeln und zurückstecken. Shark schaute mich mit großen Augen bewundernd an, sie war so bleich wie das Whiteboard. Und sie wollte nicht High-Five mit mir machen, als ich ihr grinsend vor Stolz meine Hand hinhielt, nachdem ich mit klebrigen Fingern das Vorhängeschloss wieder zugedrückt hatte.

Shark hieß in Wirklichkeit Sophie Hyazinth Amanda Ricarda Kornelius. Und eigentlich ging es in unserer Freundschaft nie um Nacktschnecken, sondern immer nur um Fische. Warum, erzähle ich dir in dieser Geschichte.

1

Lautes Klackern erschreckte mich am Donnerstagnachmittag und ließ mir die Haare zu Berge stehen. Ich war gerade dabei, meine Hefte, Bücher und Stifte trocken zu föhnen. Marie, Özge und Katharina hatten mir auf dem Heimweg ihre Cola in den Rucksack geleert – als Dank dafür, dass ich ihnen heute Morgen die Lösungen ihrer Physik-Hausaufgaben zugesteckt hatte. Sie seien falsch gewesen, behaupteten sie, aber garantiert waren die drei selbst zum Abschreiben einfachster Ergebnisse zu blöd, das schwöre ich bei meiner Formelsammlung. Nur beweisen konnte ich es ihnen nicht.

»Pech gehabt, Linn«, wiederholte ich Maries Worte und schüttelte mich bei der Erinnerung daran, wie sie mir die Cola in den Kragen kippen wollte. Einer Eingebung folgend, war ich ausgewichen und so hatte sie nur meinen Rucksack erwischt – und getauft. Aber das versiffte Schulzeug war meine geringste Sorge. Viel schlimmer war, dass die MÖKs mich auf dem Kieker hatten und drangsalierten, wann immer sich ihnen die Gelegenheit dazu bot.

Alles nur, weil ich Frau Grüners Tochter war, die kein Erbarmen kannte, wenn es um Mathe- und Physiknoten ging.

Die kein Hehl daraus machte, dass sie Singen und Musikunterricht für die reinste Zeitverschwendung hielt.

Die keinen, absolut keinen Spaß verstand.

Und die kein Verständnis dafür aufbrachte, dass für Mädchen solche Dinge wie Smartphones, Klamotten oder Nagellack wichtiger waren als Albert Einstein und Pythagoras, das wusste ich aus eigener Erfahrung nur zu gut.

Natürlich wollte niemand mit einem Lehrerinnenkind wie mir befreundet sein.

Ich hörte, wie ein Stockwerk tiefer schwere Kisten über den Dielenboden geschoben wurden, es war ein einziges Ächzen und Geschiebe und Gestöhne. An sich war der Lärm aus der Nachbarwohnung unter uns nichts Ungewöhnliches, denn dort lebte Tilda, eine junge Studentin, die zu jeder Tages- und Nachtzeit Besuch von allen möglichen Leuten bekam. Zudem besaß sie eine zahme Elster, die viel zu erzählen, zu schnattern und zu krakeelen hatte. Wir waren es gewohnt, dass die Beats an unseren Fußboden hämmerten und süßer Rauch aus dem Schlüsselloch kroch, wenn man zu welcher Uhrzeit auch immer an Tildas Wohnungstür über zahllose Schuhe und leere Flaschen hinweg nach oben stakste.

Mama hatte uns den Umgang mit »dieser« Tilda strengstens verboten, was sie für meinen kleinen Bruder und mich natürlich noch interessanter machte. Wir fanden Tilda nett und konnten nicht verstehen, was unsere Mutter an ihr auszusetzen hatte. In ihren weinroten Haaren saßen lauter Vogelnester, ihre Klamotten waren immer lustig und bunt. Außerdem besaß sie eine gigantisch große Discokugel, die glitzernd über den Flur funkelte. Noch viel wichtiger: Sie grüßte uns immer fröhlich. Einmal hatte sie uns sogar selbst gebackene Kekse geschenkt, aber die hatte uns Mama sofort mit einem wütenden »Nein!« aus der Hand gerissen und im Bioabfall entsorgt. Manchmal kann unsere Mutter sehr unfreundlich sein. Ehrlicherweise muss ich zugeben: Immer. Oft. Meistens. Mama war die unbeliebteste Lehrerin der ganzen Schule! Genau das aber war mein Glück. Na ja, zuerst nicht, später dann aber schon. Sonst wäre diese Geschichte ganz anders ausgegangen. Aber der Reihe nach.

Neugierig öffnete ich also unsere Wohnungstür und spähte durch das Geländer ins Treppenhaus. Ein schwarzhaariges Mädchen mit einer karierten Strähne und Regenbogenleggings war gerade dabei, lauter Kokosnüsse vom Fußboden einzusammeln, die ihr aus einer Kiste gefallen waren, daher der Krach. Um sie herum lagen lauter bunte DVD-Hüllen verstreut.

»Zieht Tilda aus?«, wollte Oskar wissen, der neugierig hinter mich getreten war.

»Da zieht jemand ein!«, stellte ich glasklar fest.

»Jetzt lass mich auch mal gucken!«, maulte er und wollte sich an mir vorbeidrängeln. Doch ich drückte ihn einfach mit dem Hintern weg und machte mich im Türrahmen noch breiter. Das war typisch Oskar, bis in die letzte Faser seiner Einmeterundzehn an allem interessiert und immer dazwischengequetscht, wo es ihm auch nur einen Millimillimeter gelang. Nur weil er mit seinen zehn Jahren immer noch so klein war. Aber viel schlimmer als seine mangelnde Größe war seine chronische Neugier und Fragerei. Oskar musste immer alles wissen. Er wollte immer alles wissen. Und er wusste immer alles. Deswegen wunderte es mich, dass er nichts von unserer neuen Nachbarin wusste.

Ich streckte mich so lang wie möglich vor und machte einen Giraffenhals, um alles noch besser beobachten zu können. Hier passierte gerade etwas Besonderes, vielleicht auch etwas Wunderbares, das spürte ich genau, und diesen Moment würde ich mir von dem Nervzwerg nicht vermiesen lassen. Unten schepperte es abermals, ich hörte Tilda laut fluchen, woraufhin das Mädchen leise etwas antwortete, von dem ich nur Liebesfilm, Hängematte und Faltpapier verstand, und dazwischen krächzte Pepper ihr Elsterkrächzen. »Schäck-schäck-schäck-schäck«, schimpfte sie empört, als störte es sie gewaltig, dass da jemand in ihr Revier eindrang. Oder hatte ihr etwa jemand den heiß geliebten Zitronenkuchen stibitzt?

Oskar drängelte sich erbarmungslos durch den Türspalt und dann war er doch der Erste, der fröhlich nach unten winken konnte.

»Hallooo! Ich bin Oskaaar!«, rief er auf seine unnachahmlich liebenswerte Art. Normalerweise ließen in diesem Moment sämtliche Mitmenschen alles stehen und liegen und winkten dem kleinen Kerlchen zurück. Teils aus Reflex, teils aus Interesse oder weil es sich einfach so gehörte. Aber das Mädchen würdigte ihn keines Blickes oder vielleicht hörte sie ihn auch nicht, sondern stapfte einfach mit den Kokosnüssen unter dem Arm in Tildas Wohnung.

»Das hast du nun davon, jetzt ist sie weg«, schnauzte ich Oskar an. Warum ich so sauer auf ihn war, wusste ich selbst nicht genau.

»Das hast du nun davon«, äffte er mich nach. »Kannst ja später selber runtergehen und fragen, ob sie deine *Freundin* sein möchte.«

Wumms!, Volltreffer. Mein kleiner Bruder war der Größte in messerscharfen Schlussfolgerungen. Er wusste genau, dass ich eine nerdige Außenseiterin in meiner Klasse war und keine einzige Freundin hatte – und wie sehr ich mir eine wünschte. Aber kein Wunder! Als Lehrerinnenkind wurde man weder zu Geburtstagsfeiern eingeladen noch gehörte man zum Klassenchat. Noch Fragen? Und sei du mal der Dauer-Babysitter eines etwas zu klein geratenen Bruders, dann hast du sowieso keine Zeit für nichts. Hinzu kam, dass ich nicht so wie die anderen Mädchen in meiner Klasse pausenlos von süßen Jungs und Neonnagellack schwärmte und Normalo- Jeans zu Normalo-Shirts trug.

Ich fand das ja ziemlich dämlich: Toll aussehen und keine Ahnung von nichts. So war ich nicht. Ich hatte viel mehr auf dem Kasten! Ich wollte kein dekorierter

Hohlkörper sein, denn innen und außen müssen zueinanderpassen, wenn es richtig sein soll. Zumindest in der Mathematik. Wenn nämlich so elementare Dinge wie die Kongruenzsätze für Dreiecke stimmten – und in der Schule lernen wir doch fürs Leben, oder? –, dann mussten zum Beispiel alle Seiten von etwas deckungsgleich sein, wenn es zu Übereinstimmungen kommen sollte. So hatte es mir Mama erklärt und die musste es ja schließlich wissen.

Bei mir war es leider andersherum. Weil ich mich nicht stylte, merkte niemand, wie knallvoll ich mit allem Möglichen war, nach dem mathematischen Gesetz logisch, aber im echten Leben unfähr. Deswegen konnten die anderen Mädchen mit mir nichts anfangen. Ich mit ihnen allerdings auch nicht. In ihren Augen war ich Madame Curie, eine Einzelgängerin, die man besser in Ruhe ließ und lieber nicht zu irgendwelchen Geburtstagsfesten einlud. Einzig Jonas unterhielt sich in der Pause mit mir und ab und zu auch Suzu, aber die war noch seltsamer als ich.

Unten ging die Tür wieder auf, Oskar und ich standen immer noch draußen auf dem Treppenabsatz. Das Mädchen stakste die Treppe hinunter, um kurz darauf mit einem gigantisch großen Glaskasten in den Armen wieder heraufzukommen. Bevor ich mich darüber wundern konnte, wie sie dieses schwere Dings wohl schaffen konnte, hatte Oskar schon kapiert.

»Oh, ey, die hat ein Aquarium!« Vor Begeisterung hüpfte er auf und ab und ließ einen ziehen, dass die Eier im

Kühlschrank salutierten, weil sie dachten, eins von ihnen sei hinüber. »Was für Fische hast du denn?«, rief er. »Ich habe Darios, Guppys und Guramis …«

Ich hielt mir die Nase zu. Oskar hatte ein Faible für alles, was noch kleiner und schutzbedürftiger war als er. Die Nano-Fische in seinem Aquarium waren da noch das größte seiner zahlreichen Besitztümer. Er besaß zum Beispiel jede Menge Kieselsteine, Murmeln, Haselnüsse, Stecknadeln und Radiergummis, die er sorgsam in kleinen, selbst gebastelten und ordentlich beschrifteten Kistchen verwahrte.

Wenn Mama nicht aufpasste, sammelte er Fruchtfliegen, Spinnen und Käfer in Gläsern und umsorgte sie rührend mit Gras, Äpfeln und Zuckerwasser. Einmal hatte er sogar eine Minispitzmaus gefangen, die ihm allerdings aus dem Käfig entwischt war und tagelang unauffindbar blieb. Damals war Oskar tief verzweifelt und am Boden zerstört, er hatte sich riesige Vorwürfe gemacht – und Mama war stinksauer, weil jetzt irgendwo eine Maus in der Wohnung unterwegs war. Irgendwann tauchte sie jedoch gesund und rundgenährt wieder auf, als wir gerade beim Abendessen saßen. Sie hatte offensichtlich in den Rillen von unserem Dielenboden ausreichend Futter gefunden, und wenn sie nicht gestorben ist, lebt sie da noch heute.

Zu meiner Genugtuung reagierte das Mädchen abermals nicht auf Oskars Ruferei, was dieser wiederum natürlich nicht einfach so auf sich sitzen lassen konnte. Prompt machte er Anstalten, ein Stockwerk tiefer zu marschieren. Er war es nicht gewohnt, ignoriert zu werden. Denn auch wenn er schrecklich klein war, zog er mit seiner großen Klappe stets die Aufmerksamkeit seiner Mitmenschen auf sich. Und das nicht nur aus Mitleid.

»Komm, gehen wir rein, wir müssen noch Hausaufgaben machen, bevor Mama kommt«, sagte ich und zog ihn am Ärmel endlich in unsere Wohnung zurück. Dieses Mädchen war etwas ganz Besonderes, das spürte ich genau. Und wenn sie ab heute bei Tilda wohnen würde, hätte ich noch ganz viel Zeit, sie kennenzulernen. In Ruhe. Alleine. Ohne Oskar.

Wenn ich ein Fischlein wär'
Schwämm ich zu dir.
Luftblasen blubbern,
bis der Ozean Schluckauf bekommt.
Verstecken spielen,
bis die Algen müde sind.
Tintenfische foppen,
bis ihnen die Farbe ausgeht.
Höhlen erforschen,
bis überall Licht ist.
Gegen die Strömung schwimmen,
bis uns die Puste ausgeht.
Und Flosse an Flosse
in der Abendsonne kuscheln.

Natürlich war an Hausaufgaben nicht zu denken. Ständig spukte mir das fremde Mädchen im Kopf herum und dass es weiterhin unter uns im Treppenhaus rumorte, als würde die Kelly Family einziehen, machte die Sache nicht besser. Es war nur eine Frage der Zeit, bis der alte Pistorius aus dem Erdgeschoss auf der Matte stehen und in seiner Nazi-Manier für Ordnung sorgen würde.

Oskar hatte sich maulend auf sein Zimmer verzogen, wo er wahrscheinlich entweder seinen Guppys Saltos beizubringen versuchte oder seine Star-Wars-Enzyklopädie auswendig lernte. Wie gesagt, er war überall der Kleinste, aber wenn es ums Wissen ging, unschlagbar der Größte. Mama würde aber später nicht von ihm wissen wollen, welche technischen Details Darth Vaders Sternzerstörer oder Landgleiter von Luke Skywalker hatten, sondern seine Aufgaben im Matheheft nachrechnen und ihn Lateinvokabeln abfragen.

Seufzend wandte ich mich meinen Schulsachen zu und schrieb ein ausführliches Forscherprotokoll über das Experiment mit der Kartoffelbatterie. Seit dem neuen Schuljahr gab es an unserer Gesamtschule eine MINT-AG und Mama hatte natürlich darauf bestanden, dass ich mitmachte.

»Wenn du in der Zukunft erfolgreich sein und ausreichend Geld verdienen möchtest, damit du unabhängig von einem Mann bist, musst du einen *technischen* Beruf erlernen«, hatte sie gesagt und das Formular mit den Sicherheitsmaßnahmen unterschrieben, womit sie mich quasi zur Teilnahme verdonnerte.

Glücklicherweise fielen mir die Naturwissenschaften leicht, das Talent hatte ich dann wohl doch neben ein paar anderen, meiner Meinung nach nicht so prickelnden Eigenschaften von Mama geerbt (zum Beispiel diesen schrecklich breiten Mund und die vielen Sommersprossen im Gesicht). Im Gegensatz zu den meisten meiner Mitschülerinnen und Mitschüler besaß ich bezüglich Mathe, Physik, Chemie, Bio und Informatik eine rasche Auffassungsgabe: Zahlenkolonnen, Formeln berechnen und Gleichungen lösen bereiteten mir keine Qual – aber auch keine besondere Freude.

Weil es im Treppenhaus immer noch rumpelte, spähte ich vorsichtig aus dem Fenster. Dem Lärm nach zu urteilen, schleppte das Mädchen den Inhalt eines Siebeneinhalb-Tonners die Treppe hoch. Ich wunderte mich, dass Tilda so viel Platz in ihrer Wohnung hatte, die im Gegensatz zu unserer nur aus zwei Zimmern bestand.

Auf der Straße war nichts zu sehen. Doch: meine Mutter, die mit riesigen Schritten und wehendem Mantel nach Hause eilte, wie immer die Ledermappe unter den Arm geklemmt. Mit ihrer typischen sauertöpfischen Miene grüßte sie den alten Pistorius, der natürlich zufällig an den Mülltonnen herumhantieren musste, weil ihm das Gepolter im Treppenhaus längst nicht entgangen war. Ich huschte schnell an meinen Schreibtisch zurück und zählte mit zusammengekniffenen Augen die Sekunden. Eins – zwei – drei – schon hörte ich den Schlüssel im Schloss.

»Bin wieder da!«

Pech gehabt!, dachte ich abermals, bevor ich meinen Füller zur Seite legte, um meine Mutter zu begrüßen. Mal sehen, mit welchen Schulgeschichten sie uns heute beglückte. Oskar hing bereits an ihrem Hals und ließ sich mit Küsschen verwöhnen, wie ein Kleinkind trug sie ihn auf dem Arm. Immerhin schien sie heute einigermaßen gute Laune zu haben.

»Hendrik hat endlich den Energiesatz der Mechanik kapiert, halleluja«, sagte Mama zufrieden und setzte Oskar auf dem Küchentisch ab, um sich einen Tee zuzubereiten. Das war ihr Feierabendritual und niemand durfte ihrer Lieblingstasse die braunen Ränder wegspülen, da war sie eigen, auch wenn sie sonst pingelig Wert auf eine aufgeräumte und saubere Wohnung legte.

»Dann wird Hendrik endlich ein richtiger Lehrer?«, fragte Oskar und ich rollte die Augen. Hendrik war Mamas Referendar, der seit einiger Zeit versuchte, die Prüfung abzulegen, aber immer wieder am Energieerhaltungssatz gescheitert war, den meines Wissen selbst die Zehntklässler schon beherrschten. Und Oskar.

»Wird er nie, wenn du mich fragst«, seufzte Mama und löffelte Zucker in ihre Tasse. »Besser, er sucht sich einen anderen Job, etwas mit Steinen vielleicht, da kann so schnell nichts kaputtgehen ...«

Ich rollte amüsiert die Augen. Mama hatte einen Narren an diesem Hendrik gefressen und verhätschelte ihn fast so sehr wie Oskar. Weil sie aber immer so ein kleines Lächeln um die Nase hatte, wenn sie von ihm erzählte – und Hendrik war so furchtbar tollpatschig, wenn es um Versuche ging, sodass es IMMER etwas zu erzählen gab –, machte es mir nichts aus.

Ich wollte sie gerade fragen, wie viele Massenspektrometer er diesmal gecrasht hatte, da hörten wir es im Treppenhaus erneut scheppern und klirren und kurz darauf Tilda lautstark fluchen. Bevor wir es verhindern konnten, flitzte Oskar zur Tür. Ein Fehler, wie sich herausstellte, denn unser Flur füllte sich augenblicklich mit stinkigem Fischgeruch.

Oskar schossen die Tränen in die Augen. »Die haben doch wohl etwa nicht ...«

»Das kann ja heiter werden«, meinte Mama kopfschüttelnd und öffnete das Fenster. Da musste ich grinsen, zum ersten Mal an diesem Tag. Denn ich spürte hundertpro, dass sie recht hatte.

»JEDER IST EIN GENIE! ABER WENN DU EINEN FISCH DANACH BEURTEILST, OB ER AUF EINEN BAUM KLETTERN KANN, WIRD ER SEIN GANZES LEBEN GLAUBEN, DASS ER DUMM IST.«
(ALBERT EINSTEIN)

2

»... und die liebe Linn erklärt uns jetzt den Quintenzirkel!« Wie durch Watte drangen am nächsten Vormittag Worte an mein Ohr. Jemand hatte meinen Namen genannt. Ich hatte im Musikunterricht vor mich hingeträumt, pausenlos musste ich an das schwarzhaarige Mädchen von gestern denken. Ob sie Tildas Schwester war? Oder eine Freundin, mit der sie jetzt eine WG aufmachte? Bis spät in die Nacht hatte es noch gerumpelt und rumort, und irgendwann war ich über dem Stimmenwirrwarr und der Musik aus dem Untergeschoss dann doch eingeschlafen.

»Die meint dich ...« Jonas stupste mich unsanft in die Seite und riss mich aus meinen Gedanken. »Um bei einer Dur- oder Moll-Tonleiter die verschiedenen Abstände zum nächsten Ton einhalten zu können, gibt es Halb- oder Ganztonschritte ...«, flüsterte mir mein Schulkumpel zu, der wie immer ganz genau Bescheid wusste. Okay, Oskar war ja auch nicht ohne, mit seinen knapp zehn Jahren ein Taschenhirn auf zwei Beinen, ein wandelndes Lexikon, Wikipedia to go, aber im Gegensatz zu Jonas nicht so ein schleimiger Lehrerkriecher und erst recht kein Hosenschisser.

»Komm schon, Linn, denk noch mal in Ruhe darüber nach.« Die Okarina war vor meinem Tisch stehen geblieben und lächelte mich erwartungsvoll an. »Wie lautet denn der Merksatz, den ihr euch in der letzten Stunde aufgeschrieben habt?«

Sofort schnipste Jonas' Finger nach oben, aber Frau Herpel, die wir alle nur Okarina nannten, weil sie uns, wann immer ihr die Klasse zu laut wurde, auf ihrer kleinen Kugelflöte ein Ordnungsliedchen blies, wollte die Antwort natürlich nur von mir hören. Sie hatte irgendwann spitzbekommen, dass ich gerne und gut sang, und förderte mich seitdem bei jeder Gelegenheit, weil sie der Meinung war, ich sollte mein Talent nicht verschleudern.

Seitdem hatte ich ein Problem. Ich liebte singen. Ich konnte singen. Ich sang am liebsten immer und überall. Wenn die Töne meine Lippen verließen, ich anfing zu summen oder Melodien zu entwickeln, mal nach Noten, mal ohne, tauchte ich ab in eine andere Welt, fühlte ich mich frei und froh, vergaß ich alles um mich herum. Es war wie schwimmen ohne Wasser.

Aber Mama hatte es mir verboten. Deswegen musste ich heimlich üben, was mich gerade in jüngster Zeit in unglaubliche Schwierigkeiten brachte. Echt, das glaubt jetzt keiner. Welche Mutter verbietet ihrem Kind schon das Singen? Aber Mama hatte es gemacht. Grundlos.

Einfach so. Weil sie es konnte. Sie hatte mir das Gesinge untersagt und jedes Mal wenn ich fröhlich vor mich hinträllerte, erntete ich einen finsteren Blick.

Dabei sang ich schon immer gerne, das hatte ich von Papa geerbt. Erst hatten wir in meiner Bären-Gruppe die Frederik-Vahle und die Rolf-Zuckowski-CD rauf und runter gehört, bis ich alle Lieder auswendig konnte. »Anne Kaffeekanne« war mein absoluter Lieblingshit! Später dann sang ich alle angesagten Lieder der Charts – Adele, Pink, Miley Cyrus, Shakira – und in der Grundschule hatte ich gemeinsam mit Özge, die damals noch meine Freundin war, SingStar und Voice of Germany gespielt. Bis Mama uns den Stecker gezogen hatte. Warum, weiß ich bis heute nicht. Ich schwöre: Es lag garantiert nicht an meiner Stimme, denn ich konnte locker bei den Songs von Rihanna und Beyoncé mithalten und bekam den vollen *Score*.

Auf der letzten Klassenfahrt dann hatte mich Frau Herpel unter der Dusche »Diamonds« schmettern hören – und seitdem sang ich bei ihr im Chor, weil sie mich unbedingt fördern wollte. Meine Mutter wusste nichts davon. Durfte sie auch nicht.

»Also, Linn?« Die Okarina holte mich aus meinen Gedanken zurück.

»Äh ...«, wiederholte ich genervt und zählte innerlich bis zwanzig, irgendwann würde sie mich schon in Ruhe lassen und aufhören, mich zu zwiebeln.

»Quintenzirkel! Halbtonschritte! Vorzeichen!«, ermunterte sie mich jetzt freundlich, aber ich schüttelte nur stumm den Kopf. Merkte die Okarina denn nicht, in welcher Zwickmühle ich mich befand? Sie kannte doch Mama! Natürlich wusste ich *alles* über Musik, ich liebte Musik. Aber ich liebte auch meine Mutter und wollte keinen Ärger mit ihr, die alle anderen Fächer außer den Naturwissenschaften für Zeitverschwendung hielt. Deutsch ließ sie gerade noch so durchgehen. Aber bestimmt nur, weil man ja bei Versuchsbeschreibungen und bei Textaufgaben verständlich und fehlerfrei formulieren können musste.

»Nun gut, Linn, vielleicht überlegst du dir es noch mal ...«, sagte die Okarina, machte sich eine Notiz in ihr Lehrerinnenbüchlein und ließ mich endlich in Ruhe. Doch zu früh gefreut. Nachdem sie den dauerschnipsenden Jonas drangenommen und dieser lang und breit und sehr ausführlich erklärt hatte, wie der Quintenzirkel im Allgemeinen und im Besonderen aufgebaut war, kam es noch übler – für mich.

»Wie ihr wisst, suchen wir für unseren Chor noch Schülerinnen und Schüler, die bei der diesjährigen Weihnachtsaufführung das Solo bestreiten. Wir machen jetzt ein kleines *casting ...«* Die Okarina klatschte begeistert über ihre eigene Idee in die Hände und schaute mich erwartungsvoll. »Linn, wie wäre es mit dir?«

War ja klar. Einmal auf dem Kieker, immer auf dem Kieker. Was blieb mir also anderes übrig, als leise und schräg und schief die Tonleiter anzustimmen.

»Bitte lauter.«

Ich sang etwas lauter.

»Noch lauter, ich höre nichts. Und bitte eine Oktave höher.«

Also sang ich laut. So laut und so hoch, wie ich konnte. Die Okarina konnte ja nicht wissen, dass ich an einem Online-Gesangsworkshop teilnahm und mich in den vergangenen Monaten verbessert hatte, im Ranking lag ich jetzt unter den besten hundert. Gerade übte ich lange Töne singen und halten ...

Ich bemerkte noch, wie sich Jonas neben mir erschrocken die Ohren zuhielt und die anderen aus meiner Klasse fluchtartig den Raum verließen. Frau Herpels Gesichtsfarbe wechselte unterdessen von Leichenblass zu Kirschrot und wieder zurück. Als ich nach einer gefühlten Ewigkeit wieder den Mund schloss, schaute sie mich mit einer Mischung aus Bewunderung und Entsetzen an.

»Mir klingeln die Ohren ... aber das Solo singst du, keine Frage. Und zwar ohne Mikro.«

»Linn klingt so grell wie Katie Perry und Mariah Carey zusammen!« – »Die könnte Gläser zerspringen lassen!« – »Arme Okarina!« – »Die hat jetzt 'nen Tinnitus!« Die Sprüche meiner Mitschüler dröhnten in meinen Ohren, als ich mich nach der unglückseligen Musikstunde möglichst unauffällig zu ihnen auf den Pausenhof gesellte. Pia, Leonie, Vanessa und Michelle tuschelten hinter vorgehaltener Hand und schauten ständig zu mir herüber.

Danke schön auch, meine Gesangseinlage war also ein voller Erfolg gewesen und hatte mir für die Ewigkeit keine neuen Freundinnen beschert. Dabei gab ich mir so viel Mühe, mich so zu verhalten, wie man es von richti-

Manchmal fühle ich mich alleine und kann nicht schlafen.
Dann stelle ich mir vor, du lägst neben mir, streicheltest meine Haare und sängest mir ein Gutenachtlied mit deiner schönen, weichen und so wundervollen Stimme. Ganz leise summen die Töne in meinem Ohr, dringen in mich ein und füllen mich von innen.
Und ich spüre die Wärme deiner Hand, die mir über die Haare streichelt, deine Lippen, die mir einen Kuss auf die Stirn und dann auf die Augenlider hauchen. Mein Atem beruhigt sich, ein Lächeln umspielt meinen Mund und ich weiß:
Du bist bei mir.

gen Mädchen erwartete, auch wenn ich das dämlich fand. Alles nur, um endlich anerkannt zu sein, aber irgendwie funktionierte das auch nicht. Ich meldete mich sogar kaum noch im Matheunterricht, sodass der Martenstein bei meiner Mutter nachfragte, ob ich wohl in der Pubertät sei und ein kleines Leistungstief hätte …

»Wusste gar nicht, dass du so eine kräftige Stimme hast«, meinte Jonas und biss in sein Brot, Leberwurstduft waberte an meine Nase. *Wäh!,* auch das noch. Wenn ich etwas nicht leiden konnte, war es Leberwurst.

»Dachte, du bist Vegetarier?«, fragte ich und deutete

angewidert auf die gräulich-braune Masse, die zwischen den fingerdicken Vollkornscheiben hervorquoll.

»Bin ich auch«, nuschelte er mit vollem Mund. »Ist nur nachgemacht. Willste mal probieren?«

»Danke, nein, mir ist schon schlecht«, beeilte ich mich zu sagen und das war noch nicht einmal gelogen. Jetzt würde Mama doch erfahren, dass ich im Chor sang, ich hätte ihr bis zum Auftritt einiges zu erklären. Denn irgendeine Stimme in mir drin – war es der Kammerton A? – sagte, dass in diesem Solo eine unglaubliche Chance für mich lag. Alle Blicke wären auf mich gerichtet, alle würden endlich merken, was wirklich in mir steckte ... Ich war viel mehr als Madame Curie! Ich sang so gut wie Mariah Carey zu ihren besten Zeiten! Ich hatte bereits jetzt Bauchweh vor lauter Aufregung.

»Bist du auch schon so gespannt wie ich auf den Gravitationswellensimulator?«, fragte Jonas und biss abermals so herzhaft in sein Brot, dass die Krümel auf meinen Jackenärmel sprühten.

Mist. Kacke. Verdammt. Beinahe hätte ich unsere Verabredung am Max-Planck-Institut vergessen.

»Geht so ... aber ich muss noch Oskars Fische füttern, weil er keine Zeit hat«, antwortete ich rasch und erschwindelte noch ein bisschen drum herum. Dass Oskar ein Stipendium gewonnen hätte und vielleicht für die Stephen Hawking Foundation recherchieren würde, weil er so schlau war. Und dass er deshalb keine Zeit hatte, weshalb ich dringend nach Hause musste, um mich um die Fische in seinem Aquarium zu kümmern. In Wirklichkeit konnte ich es kaum erwarten, weitere Neuigkeiten über das schwarzhaarige Mädchen herauszufinden. Heute Morgen war es verdächtig still in der Wohnung unter uns gewesen, als wir das Treppenhaus hinunterliefen. Nur die Tür hatte einen Spaltbreit offen gestanden und das Glitzern der Discokugel im Flur war gemeinsam mit Rauchschwaden und gedämpfter Musik hinausgezackert, selbst von Pepper war nichts zu hören gewesen. Das war ungewöhnlich.

»Aber mein Vater hat sich extra freigenommen, um uns alles zu erklären! Das ist *die* Gelegenheit, mit einem echten Forscher zu sprechen, Linn. Wir haben das doch schon so lange ausgemacht!« Jonas wirkte so beleidigt wie seine Pseudo-Leberwurst, er glaubte mir kein Wort.

Wie er mich durch seine runden Brillengläser fassungslos anguckte, hatte ich sofort Mitleid mit dem schmalen Kerl, ich war dafür leider anfällig. Seit der neuen Schule waren wir so etwas wie ein Team, weil sich der Rest der Klasse nicht für uns interessierte. Wir blieben immer übrig, wenn Gruppen gebildet werden mussten, bei Referaten, Hausaufgaben oder beim Sport.

Ich fasste ihn beruhigend am Arm. »Ich überlege es mir noch mal, okay?« Insgeheim verfluchte ich meine Mutter, die Herrn Weiß um diese besondere Nachhilfe der Exzellent-Klasse gebeten hatte. Sie spekulierte darauf, dass er mich im nächsten Schuljahr als Schülerpraktikantin beschäftigen und ich eines Tages am Institut Karriere machen würde.

»... Jonas, die süßeste Versuchung, seit es Leberwurst

gibt!«, tönte es lautstark hinter uns. Das waren Pia & Co., die sich halb tot kicherten. Sie konnten nicht verstehen, dass Jonas und ich Kumpels waren. Klar, wenn man so wie sie seine Freizeit mit Beauty-Blogs und Romantasy-Büchern verbrachte, kannten sie nur eine Gleichung: Mädchen + Junge = Happy End forever. Aber sie hatten ja auch noch keinen Mathe-Unterricht bei meiner Mutter gehabt. Zum Glück waren es nicht Marie, Özge und Katharina aus der Parallelklasse, wie ich erleichtert feststellte, denn deren Kommentare wären noch fieser gewesen. Die MÖKs waren nicht zimperlich, seit den Sommerferien lauerten sie mir ständig mit irgendwelchen Gemeinheiten auf, stellten mir Beinchen oder kippten Getränke über mich. Dabei war ich mit Özge bis zur neuen Schule befreundet gewesen, sie wohnte bei uns im Haus und hatte immer lustige Ideen. Aber offensichtlich gefielen ihr inzwischen gemeine Ideen besser. Sie hatte vergessen, wie viel Spaß wir gemeinsam gehabt hatten, wenn wir im Hinterhof spielten oder den Pistorius ärgerten.

Prompt bekam Jonas eine knallrote Birne. Und was machte der Feigling? Er haute einfach ab!

»Jonas ist Vegetarier«, rief ich meinen Mitschülerinnen hinterher, aber vor lauter Gegacker hörten sie es nicht. Ich lief Richtung Tischtennisplatte, wo ich den Rest der Pause gelangweilt alleine herumstand.

Während um mich herum Stimmen und Schüler schwirrten, betrachtete ich missmutig meine abgeknabberten Fingernägel, von denen der pinke Nagellack abbröselte. Es wollte mir partout nicht gelingen, den Pinsel ruhig zu halten und die Farbe ordentlich aufzutragen. Erst gestern hatte ich es wieder einmal versucht. Aber herausgekommen waren pinke Nagelhaut und zittrige Streifen. Vielleicht war es auch gut so. Mama würde mir was pfeifen, wenn ich mit Neon-Glitter-Nails in ihrer Forscher-AG auftauchen würde, um die Pipetten für den Säure-Basen-Test mit spitzen Fingern zu bedienen. Erst letztens hatten wir eine unerquickliche Diskussion über modischen Firlefanz geführt, die Mama als willkommenen Anlass dafür genutzt hatte, mir abermals die Kongruenzsätze der Geometrie zu erklären, von wegen Übereinstimmung von Seitenlängen und Winkeln. Weil Oskar dazwischen genervt hatte, kam ich nicht mehr dazu, ihr eine elementar wichtige logische Frage zu stellen, nämlich: Wenn sie mehr Schein als Sein bei Mädchen aus naheliegenden Gründen nicht gut fand, warum durfte dann mein Sein nicht scheinen? Warum durfte ich keine kurzen Röcke tragen? Oder knallenge Tops. Oder Ohrringe. Ich war doch intelligent! Vielleicht nicht so schlau wie Oskar, aber ich hatte richtig, richtig gute Noten. Na ja. Überall. Fast. Bis auf Kunst. Und ich konnte richtig, richtig gut singen.

Es wurde allerhöchste Zeit, mich nicht mehr zur Vollidiotin der Klasse machen zu lassen, für die sich niemand interessierte und die jeder übersah. Meine einzige Chance lag im Weihnachtssolo. Wenn ich vorne auf der Bühne stand und alle Scheinwerfer auf mich gerichtet waren, würden endlich alle merken, was ich konnte. Und

Mama auch. Ich wusste nur noch nicht, wie ich ihr davon erzählen sollte.

Unter meinem Pony schielte ich hinüber zu Pia & Co. Wäre ich wirklich gerne so wie die anderen? Pia zum Beispiel hatte diese French Nails, die aussahen wie mit der Schablone gezeichnet. Songüls schwarze Haare schimmerten seidig glatt wie im Werbefilm, während meine dagegen blond und platt an meinem Kopf anlagen. Vanessa trug Slim-Jeans, Leonie hippe Sneaker, Michelle besaß eine mattgepuderte, makellose Haut und Ella einen 1-a-Lidstrich ... Ich stellte mir vor, wie ich meine Langeweile-Normalo-Jeans, Boots und Sweater gegen angesagte Klamotten eintauschen würde – und alle deswegen *sehen* würden, wie toll ich singen konnte. Es fühlte sich gut an und ich merkte, wie mir ein Lächeln über die Lippen huschte.

Da beobachtete ich aus den Augenwinkeln, wie Oskar mit Jonas zu Gange war, die beiden diskutierten aufs Heftigste und es sah nicht nach einer freundlichen Auseinandersetzung aus. Sofort klingelten bei mir sämtliche Große-Schwester-Alarmglocken, aber irgendeine innere Stimme hielt mich zurück, dazwischenzugehen. Oskar wirkte nicht so, als bräuchte er Hilfe. Im Gegenteil, wie er da so vor Jonas stand, wirkte er trotz seiner Einmeterundzehn plötzlich unglaublich stark und selbstbewusst. So als wüsste er ganz genau, was er da tat. Im Gegensatz zu mir.

FISCHERS FRITZ
FISCHT FRISCHE FISCHE;
FRISCHE FISCHE
FISCHT FISCHERS FRITZ.

3

Den restlichen Vormittag verbrachte ich wie Commander Cody, pflichtbewusst und gehorsam den Befehlen meiner Lehrer folgend. Gleichzeitig musste ich ständig an unsere neue Nachbarin denken. Die gigantisch großen Kisten und das Gepolter gingen mir einfach nicht aus dem Sinn, nie im Leben hätte ich mich getraut, so einen Krach zu machen! Und erst recht nicht, meine Haare kariert zu färben oder auffällige Leggings zu tragen. Was würde passieren, wenn ich es einfach mal ausprobieren würde? Ich war so in Gedanken versunken, dass ich nicht gleich die Schatten bemerkte, die mir den Weg verstellten, als ich nach dem Unterricht den Klassenraum verließ. Ein grässlicher Fehler.

»Na, wohin denn so eilig!« Das war Marie, die ihre spitzen, dunkellila lackierten Krallen in meinen Oberarm versenkte. Vor Schmerz zuckte ich zusammen. Aber nur kurz.

»Nach Hause, wohin denn sonst«, ging ich dummerweise auf ihre Frage ein, der zweite grässliche Fehler.

»So, so, nach Hause.« Özge hatte sich mit verschränkten Armen vor mir aufgebaut und blinzelte mich fies an. Mir war noch nie aufgefallen, dass sie so dunkle Augen hatte!

»Aber vorher musst du für uns noch etwas erledigen«, meinte Katharina. Sie zückte ihr Heft und fuchtelte damit vor meiner Nase herum.

»Miss Malfoy hat sich heute mal wieder selbst übertroffen«, dröhnte Marie und der Klang ihrer Stimme verhieß nichts Gutes.

»Sie hat nämlich der armen Katharina eine Strafarbeit verpasst«, ergänzte Özge.

»Hier, fünf Seiten Atomphysik! Molekülmasse, Avocadozahl, Stoffmenge – ich kapiere nur H_2O!«

»Das heißt Avogadrozahl, so what?« Ich guckte Katharina fragend an. »Ist doch ganz einfach«, rutschte es mir heraus. Sofort biss ich mir auf die Lippen. Der dritte grässliche Fehler.

»Dann ist es ja auch kein Problem, wenn du die Aufgaben für sie erledigst«, sagte Marie grinsend und drückte mir einen Stift in die Hand.

»Wir passen auf, dass dich niemand dabei stört ... Hey, Bonsai, mach die Flatter!«, meinte Katharina mit einer abfälligen Handbewegung zu Oskar, der gerade um die Ecke bog und neugierig stehen geblieben war.

»Alles klar, Linn?«, fragte er und musterte mich von oben bis unten.

»Ja, logo, wieso auch nicht«, beeilte ich mich zu sagen. »Geh schon mal vor.«

Doch Oskar ließ sich nicht so leicht abwimmeln, er klebte an mir wie eine Fliege am Fliegenfänger, wie eine Klette am Strumpf, wie ein Saugnapf am Fenster.

»Ich komme gleich, ich gebe Nachhilfe ...« Was ja noch nicht einmal gelogen war. Da zuckte er mit den Schultern und trabte die Treppe hinunter. Endlich.

»Also, worauf wartest du? Wir wollen nach Hause, *Riverdale* schauen, wir haben nicht ewig Zeit!«

Marie, Özge, Katharina drängelten mich in den Klassenraum zurück und drückten mich an einen Tisch. Was blieb mir also anderes übrig, als fein säuberlich Katharinas Schrift zu imitieren und die Aufgaben zu lösen, die ihr meine Mutter als Strafarbeit aufgegeben hatte. Sie waren alles andere als einfach, ich verrechnete mich fünfmal. Nicht zuletzt deshalb, weil die drei sich draußen vor der Tür lautstark unterhielten und immer wieder albern kicherten.

Irgendwann hatte ich auch die letzte Gleichung gerechnet, da hatte ich meine Mutter insgeheim schon millionenfach verflucht. Schnell drückte ich Katharina das Heft in die Hand, jetzt nichts wie raus hier.

»Mann, das hat aber gedauert!«, lautete ihr Kommentar.

»Kein Wunder, wenn man mit so einem altmodischen Füller schreibt!« Marie grinste mich fies an und mir schwante nichts Gutes, als sie auf mich zukam und in mein Mäppchen griff, das dummerweise immer noch auf dem Tisch lag.

»Lass das!« Schnell versuchte ich, das Mäppchen vor

ihr in Sicherheit zu bringen, doch zu spät, sie hatte sich meinen Füller schon geschnappt.

»Bitte gib ihn mir wieder!«, flehte ich sie an und spürte, wie mir die Tränen in der Kehle hochkrochen. Normalerweise war ich nicht so nah am Wasser gebaut. Coladusche, blaue Flecken kneifen oder Matschklumpen im Kragen, all das hätte ich nicht so schlimm gefunden, wie wenn sie mir jetzt meinen Lieblingsfüller klauen würde.

»Bitte gib ihn mir wieder!«, äffte sie mich nach. »Mach ich aber nicht.«

»Gib ihn mir her!« Ich versuchte, ihn ihr aus der Hand zu reißen.

»Hol ihn dir doch!«

Eine Weile spielten wir Katz und Maus, angefeuert von Özge und Katharina, und ich weiß nicht, wie lange wir noch umeinander herumgetanzt wären, hätte nicht plötzlich meine Mutter in der Tür gestanden.

»Was ist denn hier los? Ihr solltet doch längst zu Hause sein ...« Sie hielt inne, als sie meinen Füller in Maries Hand bemerkte. »Linn?«

Ich atmete tief durch. Jetzt bloß kein falsches Wort, ich würde meines Lebens nicht mehr froh.

»Ich ... äh ... ich habe Marie meinen Füller ausgeliehen, weil sie keinen hat und ihn so ... äh, toll findet.« Puh, gerade noch mal die Kurve gekratzt. Marie hatte mir mittlerweile den Füller in die Hand gedrückt und sich gemeinsam mit ihren beiden Freundinnen Richtung Ausgang verdrückt. Kurz darauf hörte ich sie kichernd die Treppe hinunterrennen.

»Der Füller ist ein wertvolles Erbstück. Ich hatte dir doch verboten, ihn zu benutzen.« Mamas Stimme klang tonlos, das kam selten vor. Sie war eine strenge und durchsetzungsstarke Lehrerin und um Worte nie verlegen. Aber jetzt ... Ich spürte, dass sie noch gerne etwas hinzugefügt oder wenigstens gefragt hätte. Doch sie schaute mir nur kurz prüfend in die Augen, biss sich auf die Lippen – und dann war der Moment auch schon wieder vorbei.

»Jetzt geh nach Hause, Oskar wartet sicher schon auf dich.« Mit diesen Worten war sie nach draußen verschwunden.

»Das ist ungerecht. Immer ich!«, wollte ich ihr hinterherschreien, doch wie gelähmt blieb ich stumm.

Nachdenklich drehte ich den Füller in meiner Hand, ab sofort würde ich ihn nie wieder mit in die Schule nehmen. Nicht auszudenken, was geschehen wäre, wenn Mama nicht plötzlich in der Tür gestanden hätte.

Der Füller hatte einmal meinem Vater gehört und die Erinnerung an ihn war so schmerzlich wie blass. Ich muss noch sehr klein gewesen sein, als er gestorben war, kleiner als Oskar, vielleicht neunzig Zentimeter. Papa hatte eines Tages einfach aufgehört zu leben, von jetzt auf gleich, zack, bumm, schlug sein Herz nicht mehr, Schluss, aus, Ende. Papa ist auf dem Weg zur Arbeit einfach vom Fahrrad gefallen.

»Schade, dass Papa tot ist«, hatte Oskar gesagt, als wir alle im Wohnzimmer saßen und nicht wussten, was wir tun sollten.

»Ja, schade«, war Mamas einzige Reaktion gewesen. Dann war sie aufgestanden und im Schlafzimmer verschwunden, wo wir sie stundenlang herumräumen hörten. Als sie wieder herauskam, war sie total verändert. Hatte eine graue Strähne. Arbeitete von früh bis spät. Wachte streng über unsere Hausaufgaben und Oskars Vitamine, die er regelmäßig zu sich nehmen musste. Und lachte nicht mehr.

Schnell wischte ich mir die Tränen aus den Augenwinkeln und nahm mir vor, den Füller ab sofort an einem besonderen Ort in meinem Zimmer zu verwahren. So etwas wie heute durfte mir nie wieder passieren.

Reden, bis die Wörter schwirren,
Singen, bis die Fenster klirren.
Tanzen, bis die Tische krachen,
und kitzeln, bis wir alle lachen.
Kuscheln, bis die Herzen glühn,
Zwinkern, bis wir Sternchen sehn.

Zu Hause öffnete mir ein aufgeregter Oskar die Tür. »St... St...St...Steell dir v...v...v...vor, sie ist a...a...a...abgehauen.«

»Was?« Wie immer, wenn mein Bruder super aufgeregt war, fing er an zu stottern.

»Weg.«

»Jetzt beruhige dich erst mal«, versuchte ich ihn zu

trösten und reichte ihm schnell ein Glas Wasser. »Wer ist weg?« Sofort dachte ich an das schwarzhaarige Mädchen und spürte ein Loch im Bauch.

»P...P...Pepper!«

Ich kapierte. Pepper, Tildas zahme Elster.

»Und wieso ist sie weg?«

Oskar atmete tief durch. Dass die Elster entwischt war, schien ihn ordentlich zu beschäftigen.

»Tilda ist auch weg.«

»Äh, wie jetzt? Beide?« Jetzt verstand ich gar nichts mehr.

»Also, das war so ...« Oskar räusperte sich und begann dann, umständlich zu erzählen. Wie er von der Schule nach Hause gekommen war und ihm Tilda mit einem gepackten Rucksack auf der Treppe entgegenkam.

»Sie hat ihre große Liebe getroffen, den Mann ihrer Träume! Und mit dem macht sie jetzt 'ne Weltreise, stell dir vor!«, sagte Oskar und verdrehte schwärmerisch die Augen, als wäre er selbst verliebt. Fehlte nur noch, dass er sich ergriffen ans Herz fasste.

»Dafür ist jetzt ihre Nichte bei ihr eingezogen«, fügte er rasch hinzu, als er mein Stirnrunzeln bemerkte.

»Das Mädchen von gestern«, stellte ich fest.

»Genau.« Oskar zog ausgiebig die Nase hoch. »Aber dann ist Pepper einfach auch abgehauen.«

»Hat die sich auch verliebt und ist auf Weltreise geflogen? Das glaube ich nicht. Die kommt bestimmt wieder«, versuchte ich, ihn zu trösten. »Wenn die erst mal ihren Zitronenkuchen vermisst, kehrt sie wieder zurück.«

»Tilda weg, Pepper weg. Kein Happy End.« Oskar wirkte sehr unglücklich, wie er das sagte, und schniefte abermals.

»Auch schon gemerkt.«

»Da müssen wir was tun!«

»Und was?«

Eine Weile saßen wir beide grübelnd da. Egal, dass die Spülmaschine noch nicht eingeräumt war und wir unsere Hausaufgaben noch nicht gemacht hatten. Ganz zu schweigen von dem Forschertagebuch, das ich noch zu schreiben hatte, und der Ansage, die uns erwarten würde, wenn wir nicht unsere Aufgaben erledigten. Mama hatte einen exakten Zeitplan erstellt, den wir alle streng einzuhalten hatten, und sie duldete kaum Ausnahmen. Außer sonntags, weil sie dann im Fernsehen Rosamunde Pilcher gucken musste. Ich fand diese Liebesfilme öde und kitschig und fürchterlich langweilig, aber aus unerfindlichen Gründen saß meine Mutter immer mit einem Lächeln im Gesicht im Sessel. Völlig in einer anderen Welt versunken, hatte sie die Kontrolle über Naturwissenschaften und sämtliche Schokoladen-, Gummibären- und Chipsvorräte abgegeben. Deswegen schlief ich sonntagsabends immer mit Bauchweh ein ...

Plötzlich klingelte es. Erschrocken guckten wir uns an. Normalerweise bekamen wir nie Besuch. Wer mochte das sein?

Vorsichtig öffnete ich und spähte durch den Türspalt. Vor mir stand das schwarzhaarige Mädchen.

»Ihr müsst mir helfen, Pepper wieder einzufangen«, sagte sie einfach nur und erst später fragte ich mich, woher sie überhaupt wusste, dass wir Pepper kannten und mit ihr gehen würden.

»Klar!« Oskar sprang sofort auf, als ob er auf sie nur gewartet hätte. »Wir müssen es mit Zitronenkuchen versuchen, den liebt sie über alles.«

So kam es, dass wir uns zu dritt draußen in unserem Hinterhof auf die Lauer legten und Zitronenkuchenkrümel ausstreuten. Ich rannte wie ein aufgescheuchtes Huhn hin und her, um Pepper zu suchen, lunste über den Zaun, kletterte hinter die Büsche und schaute sogar in der Regenrinne nach. Es war wirklich ungewöhnlich, dass sich die Elster nicht blicken ließ, und noch ungewöhnlicher, dass sie überhaupt abgehauen war. Normalerweise flog sie in Tildas Wohnung frei hin und her und interessierte sich nicht für offene Fenster. Wir wussten das, weil sich der alte Pistorius einmal lautstark über die Vogelkacke auf dem Fußboden aufgeregt hatte, die Tilda angeblich nie wegmachte.

»Da kommen Ratten und Kakerlaken und Wanzen und Flöhe«, hatte er gerufen. »Das hier ist ein ehrenwertes Haus!«

»Hihikrkr«, hatte Pepper ihn damals zur Antwort einfach ausgelacht. Oskar hatte mir sofort erklärt, was der olle Pistorius mit *ehrenwert* gemeint hat, nämlich anständiges und sittsames Verhalten. Von daher war er jetzt garantiert mehr als froh, dass Tilda samt ihren wilden Partys ausgezogen war. Und Pepper gleich mit.

Beides fand ich traurig, denn ich mochte sie. Ohne Pepper fehlte Salz in der Bude und ohne Tildas Musik und Räucherschwaden wirkte unser Haus öde und leer, obwohl hier acht Parteien wohnten:

Der olle Pistorius, der plötzlich wie aus dem Nichts neben einem auftauchte und immer etwas zu meckern hatte – egal, ob es das abgestellte Fahrrad war, vergessene Turnschuhe im Flur oder man polternd die Treppe hinunterrannte. Nach einer Ansage vom Pistorius klingelten einem hinterher immer noch stundenlang die Ohren ...

Neben ihm im Erdgeschoss wohnte die Familie Toprak mit ihren drei Kindern, Elyas, Özge und Baby-Ibo, wobei Elyas ein blöder Angeber war und Özge seit Neuestem keine Gelegenheit ausließ, mich zu ärgern. Bis vor Kurzem haben wir uns alle gut verstanden, aber seit einiger Zeit lebte die Familie zurückgezogen und bekam kaum noch Besuch. Ich glaube, es hat etwas mit den ausländerfeindlichen Schmierereien an unserer Hauswand zu tun. Der Pistorius hatte sie zwar überpinselt, aber immer wieder schien es zu unschönen Vorfällen zu kommen. Mir tat das leid und ich hätte Özge gerne geholfen, sich gegen braune Kacker zu verteidigen. Aber sie hatte ja den Freundschafts-Rollladen dicht gemacht und hing lieber mit Marie und Katharina herum.

Hinter Topraks Wohnungstür war es richtig ruhig geworden.

Neben Tilda wohnte Familie Müller. Seit ich denken kann, wischte und putzte und buk und machte und tat

Frau Müller alles für ihre Tochter und ihren Ehemann, der bei der Telekom arbeitete und abends immer pünktlich um sieben zu Hause war. Frühmorgens lief sie zum Bäcker, um frische Brötchen zu holen, den Vormittag verbrachte sie mit Aufräumen und Essenkochen und nachmittags fuhr sie ihre Tochter Ildiko zum Barrenturnen, Spitzentanz, Pferdehoppeln, Schwerterfechten, Hockeyschlägerschwingen, Tennisballtreffen, Yogaverbrezeln, Atmenüben oder Bahnenschwimmen. Ildiko war mittlerweile siebzehn, hatte zum Leidwesen ihrer Mutter die Klasse wiederholt und ließ sich weder herumkutschieren noch -kommandieren. Im Gegenteil, sie hatte Barrenturnen, Spitzentanz, Pferdehoppeln, Schwerterfechten, Hockeyschlägerschwingen, Tennisballtreffen, Yogaverbrezeln, Atmenüben oder Bahnenschwimmen komplett geschmissen, hing mit ihren Freunden an der Stadtmauer ab und kam nie vor Mitternacht nach Hause. Ich wusste das so genau, weil ich neulich ein Gespräch zwischen unseren Müttern im Treppenhaus belauscht hatte, in dem Frau Müller ihr Leid klagte, weil sie fürchtete, Ildiko würde sich mit *dieser* Tilda anfreunden. Aber da brauchte sie ab sofort keine Sorge mehr zu haben, denn Tilda war ja jetzt auf Weltreise – und Ildiko sowieso nie zu Hause.

Ole Breitmoser wohnte direkt neben uns, genauer gesagt: nicht-wohnte dort. Er war ein stiller, hagerer Typ, der alleine lebte. Was er arbeitete, wussten wir nicht. Einzig Oskar hatte einen guten Draht zu ihm, weil Herr Breitmoser ein Aquarium mit Mini-Schildkröten besaß und Oskar sich natürlich brennend für die durchschnittlich zehn Zentimeter großen Tierchen interessierte. Wenn der Breitmoser auf Dienstreise war, kam es schon mal vor, dass er Oskar darum bat, seine Schildkröten zu sitten. Mama durfte nichts davon wissen, sie hätte es nie erlaubt.

Über uns im dritten Stock wohnte Familie Krämer, bestehend aus Vater, Mutter, Kind 1 und Kind 2, Zwillinge, wenn ich mich nicht täuschte, im Vorschulalter. Manchmal fragte ich mich, ob es sie wirklich gab, denn man hörte und sah nichts von ihnen, kein Geplärre, kein Gepolter, von daher kann ich nicht viel über sie erzählen. Neben ihnen wohnte Oma Hilde und sie war vielleicht die Normalste von allen, auch wenn sie ein böses Knie hatte und sich deswegen kaum die unzähligen Treppenstufen hinauf- und hinunterbewegen konnte. Vielleicht lag es aber an den bösen Kilos, die sie auf ihrer Hüfte wie einen überdimensionalen Rettungsring angehäuft hatte. Überschwergewichtig, wie sie nun mal war, schnaufte sie bei jeder Bewegung, selbst das Türaufmachen fiel ihr schwer.

So war es in unserem Haus, lauter seltsame Vögel in allen acht Wohnungen. Und jetzt war Tilda weg. Und Pepper auch. Oft hatten wir ihr Gekrächze bis nach oben in unsere Wohnung gehört – wenn Tilda ausnahmsweise ihre Musik mal leiser gemacht hatte, aus stellte sie sie nie. Deswegen war es immer so gewesen, als wäre die Elster auch unser Vogel. Sie gehörte einfach zu uns und in den Möbiusweg!

»Pepper, komm, komm«, lockte ich ein ums andere Mal. Ich versuchte sogar, ihren Gesang zu imitieren, wie ich es in meinem Online-Kurs gelernt hatte, aber zur Antwort zwitscherten nur Amsel, Meise, Fink und Star.

Oskar hatte inzwischen ein Sammelsurium an Gegenständen herbeigeschleppt, die seiner Meinung nach Pepper anlocken würden: seinen Pokal vom Mathe-Wettbewerb, einen Löffel und die Taschenlampe, Cent-Stücke und Schrauben in allen Größen, Glitzerkleber und Aluminiumfolienstreifen, das er jetzt auf der Gartenbank verteilte.

»Wenn sie die erst mal sieht, kann sie gar nicht anders, als wieder hier zu landen«, meinte er zuversichtlich. »Auch wenn die Forscher das Gegenteil bewiesen haben, ich bin mir sicher, Pepper steht auf alles, was glänzt! Sonst wäre sie nicht so lange bei Tilda und ihrer Discokugel geblieben!«

Unterdessen hatte sich das Mädchen mit hinterm Kopf verschränkten Armen einfach rücklings auf die Wiese gelegt und sich ein Stück Kuchen in den Mund gesteckt, die karierte Strähne hatte sie sich wie eine Brille über ihre Augen gelegt. Da fiel mir auf, dass wir noch kein Wort miteinander gesprochen hatten und ich immer noch nicht wusste, wie sie hieß.

Die Elster lacht. Die Elster weiß,
Was hinter Vogelscheuchen steckt
Und dass sie nicht wie Huhn mit Reis
Und Curry schmeckt.
Die Elster schnupft. Die Elster bleibt
Nicht gern in einer Nähe.
Dank ihrer Magensäure schreibt
Sie Runen. Jede Elster.
Sie torkelt scheue Ironie,
Flieht souverän beschaulich.
Und wenn sie mich sieht, zwinkert sie
Mir zu, doch nie vertraulich.
(nach »Die Krähe« von
Joachim Ringelnatz)

4

Irgendwann tat ich es dem Mädchen gleich, legte mich ebenfalls rücklings ins Gras und steckte mir ein Stück Kuchen in den Mund. Einfach so.

»Was macht ihr da?«, fragte Oskar und trat neugierig näher. Er wirkte traurig und frustriert, weil sich Pepper immer noch nicht blicken ließ und sich erst recht nicht für seine glänzende Krimskrams-Parade interessierte.

»Wir spielen Kuchen-U-Boot«, antwortete das Mädchen. »Schau: Du musst ihn dir so in den Mund stecken, dass er wie ein Schornstein herausguckt. Am besten auch noch welche zwischen die Fußzehen. Und da landet Pepper dann! Weil sie Kuchen liebt, und wenn man etwas liebt, kommt man immer dorthin zurück.«

»Ihr spinnt ja!« Oskar tockte sich an die Stirn, setzte sich dann aber doch, neugierig, wie er nun mal war, neben uns.

»Pepper muss denken, dass der Kuchen nur für sie ganz alleine bestimmt ist. Wie eine Königin, der alles zu Füßen liegt. Du darfst nichts davon naschen.«

Schnell steckte ich mir das Stück, von dem ich gerade abgebissen hatte, zwischen die Fußzehen. Die Krümel kratzten in meinem Hals, ich fühlte mich ertappt.

»Und deswegen bist du wie abgetaucht und hältst ganz still?« Man konnte sprichwörtlich hören, wie Oskars Gehirn diese Aktion zu verarbeiten versuchte. Sie schien ihm für seine analytischen Verhältnisse komplett unlogisch und völlig plemplem.

»Wie ein U-Boot.«

»Verstehe«, sagte Oskar, aber in Wirklichkeit verstand er gar nix, das war ihm deutlich anzumerken. Dann versank er in tiefes Grübeln.

In mir schwebte eine warme Gefühlswolke durch den Bauch und machte mich ganz aufgeregt. Denn *ich* verstand im Herzen genau, was dieses unbekannte Mädchen meinte: Man musste abtauchen, loslassen, sich frei machen. Dann passierten die wunderbarsten Dinge ganz von selbst. Als ich meinen Kopf zur Seite drehte, erwischte ich ein Blinzeln aus ihren Augen. Ganz klitzekleinbisschen nur. Fast nicht zu sehen. Aber es war wie ein Nicken.

Ganz still und ruhig lagen wir Schulter an Schulter nebeneinander und starrten in die Luft. Oben am Himmel hinterließen Flugzeuge weiße Muster, kreuz und quer, Hunderte Hashtags, jede Menge Vögel flatterten vorbei, Amseln, Schwalben, Spatzen zogen ihre Kreise, vielleicht auch ein Klammeraffe. Aber keine Elster, nicht eine glänzende Vogelfeder. Und erst recht keine Pepper.

Es sah sicher ulkig aus, wie wir zu dritt dicht nebeneinanderlagen: Oskar hatte sich ein Kuchenstück zwischen die Zähne geklemmt, das fast größer war als er selbst. Das schwarzhaarige Mädchen mit ihren Ringelleggings und ich, übersät mit lauter Krümeln und Kuchenstücken zwischen den nackten Fußzehen. Ich legte mich gemütlich zurecht und verschränkte die Arme hinter meinem Kopf, das Gras unter mir fühlte sich trocken und weich an. Ich spürte, wie mir die Sonne warme Kringel ins Gesicht malte, hörte von Weitem die Kirchturmuhr läuten und wie Elyas sein Fahrrad in die Ecke pfefferte, ohne abzuschließen, es gab nur einen im Haus, der dabei so viel Krach machte. Natürlich meckerte auch prompt der alte Pistorius los. Plötzlich tauchte am Himmel ein Kaninchen auf, doch als ich mir verwundert die Augen rieb, war es nur ein Wolkenbild, das alsbald verschwamm und eine Maus zeigte und dann eine Raupe.

Und dann plötzlich, wie in den Himmel geschoben, tauchte Pepper auf. Flog Kreise und drehte Loopings, flatterte für einen Moment regungslos in der Luft, um dann im Sturzflug Kurs auf uns zu nehmen, die wir aufgereiht wie die Zinnsoldaten im Garten unseres Mietshauses lagen. Doch kurz vor der Landung drehte sie wieder ab und stieß beinahe senkrecht in den Himmel. Dabei krächzte sie ihr übliches *Tschaka! Tschaka! Picpicpac!* und das klang so fröhlich, dass ich lachen musste.

»Hey, aufwachen, Pepper ist wieder da!«, tönte Oskars kehlige Stimme an mein Ohr. »Schau mal, wo sie sitzt!«

Verwundert rieb ich mir die Augen. Tatsächlich! Ich hatte nicht geträumt! Pepper saß auf meinem rechten Fuß und pickte sich die Kuchenkrümel vom großen Onkel. Das kitzelte so dolle, dass ich lachen musste. Und weil ich froh war, dass Pepper zurück war. Irgendwie gehörte sie doch zu uns und unserer Familie. Es reichte, dass Tilda von jetzt auf gleich Tschüss gesagt hatte. Und Papa.

»Hurra! Das muss gefeiert werden! Kommt, ich lade euch ein.« Das Mädchen hüpfte herum und klatschte begeistert in die Hände. Pepper flog erschrocken auf. Für einen Moment befürchtete ich, dass sie gleich wieder die Flatter machen würde, doch zu meiner großen Erleichterung landete die Elster diesmal auf Oskars Schultern, was ein breites Grinsen in sein schmales Gesicht zauberte.

»Aber wir dürfen doch nicht in Tildas Wohnung«, rutschte es ihm heraus, während er mit Pepper schnäbelte.

Ich rempelte ihn in die Seite. »Auja, sehr gerne«, bedankte ich mich rasch für die Einladung. Da hüpfte Pepper auf meinen Kopf und fing an, in meinen Haaren herumzupicken, und ich musste abermals laut lachen.

Kurz darauf standen wir in Tildas Wohnung – und staunten. An den Wänden hingen Farne und Orchideen, wie eine grüne, lebendige Tapete war alles zugewuchert, und wenn ich mich nicht täuschte, hüpften sogar rote Frösche darin herum.

»Oh! So eine will ich auch«, rief Oskar begeistert und

sprang mit einem Satz in die Hängematte, die mitten in der Küche stand, Pepper flatterte über unseren Köpfen mit lauter *Hihikrkrsss!* herum.

»Nicht doch«, pflaumte ich ihn an. Dieses Mädchen war etwas ganz Besonderes, das spürte ich genau. Und Oskar sollte mir das bloß nicht verderben. Doch sie lachte nur.

»Kannst du haben!« Sie schubste ihn noch doller an, dabei wackelte das Gestell jetzt schon bedenklich.

Ich rollte genervt die Augen. Das war typisch mein kleiner Bruder! Was der sich einfach immer traute! Pepper hatte sich jetzt auf die Discokugel gesetzt, erzählte den glänzenden Scherben ihre Geschichte und interessierte sich nicht die Bohne für die Frösche, die im Hintergrund quakten. Oder mochten Elstern keine Frösche? Möglichst unauffällig schaute ich mich in der kleinen Wohnung um, die paradiesisch groß wirkte. Was für ein Chaos!

»Wie heißt du eigentlich?«, wollte Oskar in seiner Hängematte schaukelnd wissen und da war ich froh, dass er doch dabei war, denn alleine hätte ich mich nicht getraut, nachzufragen.

»Stimmt! Ich habe vergessen, mich vorzustellen, entschuldige ... Ich bin Sophie Hyazinth Amanda Ricarda Kornelius«, sagte sie und jonglierte drei Becher Kakao gleichzeitig in der Hand, die sie in Windeseile zubereitet hatte. »Aber alle nennen mich Shark.«

»Shark klingt stark«, meinte Oskar cool, streckte lässig seine Hand aus und angelte sich auf diese Weise tatsächlich einen dampfenden Becher – ohne den Inhalt zu verschütten. Shark nickte. Dieser Spruch war nicht zu toppen, und weil mir nichts Besseres einfiel, hielt ich einfach den Mund.

»Und wieso wohnst du jetzt hier?«, fragte er, nachdem er einen Schluck getrunken hatte. »Ich bin übrigens Oskar. Und das ist Linn.«

»Hey!«, winkte ich schüchtern. Insgeheim brannte ich darauf, was Shark antworten würde. Ich hatte mich auf den Hocker am schmalen Küchentisch gesetzt und ließ meine Augen möglichst unauffällig über den alten Küchenschrank und die blau gemusterten Fliesen wandern.

»Ich wohne hier, weil meine Eltern verreist sind und jemand auf mich aufpassen sollte«, meinte Shark grinsend und hockte sich einfach im Schneidersitz auf den Fußboden.

»Aber Tilda ist jetzt auch verreist!«, stellte Oskar fest und schaukelte dabei aufgeregt hin und her.

»Stimmt!«

»Dann bist du jetzt ganz allein.«

»Kluges Kerlchen!« Shark grinste noch breiter.

»Darfst du das?«

Da verengten sich ihre Augen plötzlich zu Schlitzen. »Wieso sollte ich das nicht dürfen dürfen?«

»Na ... eben weil!« So schnell ließ sich Oskar nicht beirren. Aber er hatte in seiner Bewegung innegehalten.

»Wenn du es niemandem sagst, dann weiß es auch keiner.« Sharks Worte klangen logisch.

»Du meinst ...« Jetzt grinste Oskar über beide Segelohren, als er kapierte. Mir wurde ganz schlecht vor Aufregung. Shark hatte wirklich vor, hier ganz alleine zu wohnen. Ohne Tilda. Und ohne ihre Eltern. Das war garantiert verboten.

»Oh, jetzt haben wir ein Geheimnis!«, rief Oskar und nahm wieder Schwung auf. Unsicher guckte ich zu Shark. Zählte ich auch dazu?

Aber die ließ sich von einem wie Oskar nicht beirren. Im Gegenteil.

»Stimmt! Noch ein Grund zum Feiern!«, rief sie und sprang auf. »Geheimnisse sind das Elixier des Lebens!« Sie kramte im Küchenschrank herum und förderte alles Mögliche zu Tage – ein dickes Seil, Eimer, Bonbongläser, leere Kokosnussschalen sowie jede Menge Haarspangen –, bis sie gefunden hatte, was sie suchte, nämlich eine Dose mit Keksen.

Ich fragte mich gerade, was wohl Elixier bedeutete, da kackte Pepper ins Waschbecken.

»Hurra!«, jubelte Oskar und Shark brach in schallendes Gelächter aus. »Mit Kacke besiegelt!«

Ich verzog angeekelt das Gesicht, während Shark mit so viel Karacho zu Oskar in die Hängematte hüpfte, dass diese beinahe durchgekracht wäre. Ich tat, als müsste ich dringend meinen abgeblätterten Nagellack inspizieren, und fühlte mich überflüssig wie ein Pickel am Po.

»Was wäre die Welt ohne Leopardenkekse«, rief sie und schob sich drei Kekse auf einmal in den Mund, dass die Wände vor lauter Geknusper widerhallten und die Krümel aus ihrem Mund herumsprühten. Diese Gelegenheit ließ sich Pepper natürlich nicht entgehen und pickte danach, sie schaffte dieses Kunststückchen sogar im Flug.

Oskar klatschte begeistert Beifall und ich rollte wieder Mal genervt die Augen. Merkte der denn nicht, dass er hier überflüssig war?

»Musst du nicht noch Lateinvokabeln lernen?«, fragte ich lauernd, um auch mal etwas zu sagen. »Und den Aufsatz für Deutsch schreiben?«

»Später«, winkte Oskar ab und angelte nach den Keksen. »Komm, Pepper, komm«, lockte er die Elster, doch die dachte nicht daran. Sie hatte sich mittlerweile auf Sharks Schulter gesetzt und wisperte ihr ins Ohr.

»Pepper meint, es wird höchste Zeit für Insektenlutscher!«, rief sie daraufhin und sprang so abrupt aus der Hängematte, dass Oskar beinahe herausgepurzelt wäre. Abermals kramte sie im Küchenschrank herum. Diesmal flogen Unterhosen, Leggings und BHs zur Seite, bevor sie eine Handvoll Lutscher zutage förderte.

»Hier, magst du einen?« Shark reichte mir einen gelben und lächelte mich an. »Knistert wie das Leben und schmeckt nach Zitrone. Und nach Libellenfreiheit!«

Tatsächlich! Als ich den Lutscher gegen das Licht hielt, leuchtete darin eine Libelle, grazil und anmutig – und echt.

»Ich will Apfel«, sagte Oskar und angelte nach dem grünen, in dem lauter Fliegen schimmerten. Wieso tat der jetzt so cool, wo er doch normalerweise selbst die fetteste Schmeißfliege vor Mamas Latschen rettete?!

»Äh, ich dachte, die sind für Pepper?«, fragte ich und drehte in einer Mischung aus Neugier und Ekel den Lutscher zwischen meinen Fingern.

»Nö, für uns«, antwortete Shark und schob sich einen

roten Lutscher in den Mund. Ich meinte, eine Grille darin bemerkt zu haben, und schüttelte mich.

»Stell dich nicht so an!«, rief Oskar, schleckte jedoch selbst vorsichtig an seinem herum und verzog dabei keine Miene. Kunststück, noch war er mit seiner Zunge nicht bis zu den Fliegen vorgedrungen.

»Das ist doch alles nicht echt!«, schnaubte ich und legte meinen Lutscher zur Seite, Knistern hin oder her. Irgendwie war ich hier im falschen Film!

Ich vermisse dein Essen. Es war immer lecker. Und warm, wenn ich mit hungrigem Magen nach Hause kam, du hast dich immer zu mir gesetzt und mir zugeschaut. Es war unsere gemeinsame Zeit. Weißt du noch? Die Waffeln, die wir gebacken und noch knallheiß aus dem Waffeleisen gepickt haben. Die Packung Toastbrot, die wir mit Butter und Salz verdrückt haben. Oh, und die Orangenschalenschlacht in der Küche. Oder die zehn Klöße, die wir um die Wette futterten. Und die Leopardenkekse. Ach, vor allem die.
Ich schreibe alle deine Rezepte auf, dann bleiben sie für immer. Denn Liebe geht durch den Magen …

5

Am nächsten Morgen saß ich müde und verschlafen im Bus und glaubte immer noch zu träumen. Kuchen-U-Boot! Insektenlutscher! Leopardenkekse! Diese Shark hatte doch eine Vollelster, äh: -meise. Natürlich hatte Mama eine riesige Szene gemacht, als sie nach Hause kam. Nicht weil wir ein Stockwerk tiefer in *dieser* Wohnung waren (das hatte sie glücklicherweise nicht bemerkt), sondern weil wir unsere Hausaufgaben nicht gemacht und die Spülmaschine nicht ausgeräumt hatten. Unerbittlich gnadenlos streng, wie sie nun mal sein konnte – nicht umsonst trug sie in der Schule den Spitznamen Dracona –, hatte sie uns so lange Englisch- und Lateinvokabeln abgefragt, bis uns die Ohren rauchten und der Mund fransig war, Oskar wäre beinahe beim Aufsagen eingeschlafen. Entsprechend spät war ich im Bett gewesen und heute früh unglaublich müde. Aber Mama kannte kein Mitleid. Sie hatte mich erst recht zur Eile angetrieben, sicherheitshalber noch mal Latein abgefragt und keine Ruhe gegeben, bis ich meinen Kakao leer getrunken hatte. Da war es schon kurz vor knapp und ich hätte den Bus beinahe nicht bekommen.

Deswegen rieb ich mir auch die Augen, als ich beim Einsteigen drei Reihen hinter mir Shark entdeckte. Ich traute mich nicht, ihr zur Begrüßung zuzuwinken, denn sie schaute einfach durch mich hindurch. Shark wirkte heute früh überhaupt nicht mehr witzig und fröhlich. Keine Spur von Quatsch, sondern abwesend und wie nicht von dieser Welt. Täuschte ich mich oder waren ihre schwarzen Haare noch dunkler als gestern? Zu ihrem zerrissenen Minirock trug sie Hummelleggings und sofort fühlte ich mich mal wieder total langweilig in meinen Null-acht-fünfzehn-Klamotten. Wenn Mama mir endlich andere Sachen erlauben würde!

Aber sie hielt wie gesagt nichts von Mädchenkram und Äußerlichkeiten. Wenn sie wüsste, wie scheißegal es den MÖKs war, dass ich zuverlässig Oskar sittete und Spaghetti mit Tomatensoße kochen konnte. Dass ich perfekt Versuchsaufbau und -durchführung dokumentieren und die linke Spalte vom Periodensystem auswendig aufsagen konnte. Dass ich in der Lage war, unseren T-Home-Receiver zu installieren und das WLAN einzurichten, ohne dass unsere Geräte ständig abstürzten. In den Augen von Marie, Özge und Katharina war ich nicht nur die Tochter von Frau Tyrannosaurus Rex, sondern vor allem die zurückgebliebene, hinterm Mond lebende Linn Grüner, für ihre zwölf Jahre völlig unterentwickelt, weil sie keine Ahnung von Nagellackfarben und Jeansmodellen hatte und Whatsapp wegen der AGBs von ihrem

Handy verbannt hatte. Ich hatte das Gefühl, alles, was mich ausmachte, zählte nicht, weil keiner anerkannte, was ich wirklich konnte. Ich war unsichtbar für die anderen, keiner nahm Notiz von mir. Nur von meinen Connishirts, über die sie alle lästerten. Aber ich wollte kein Topmodel werden, nur um eine Freundin zu haben. Dann lieber ohne.

Somit war es kein neues Gefühl für mich, übersehen zu werden, als Shark an diesem Morgen einfach durch mich hindurchblickte. Wahrscheinlich war sie nach gestern sowieso genervt von mir. Eine, die stillschweigend den gesamten Abend über am Küchentisch hockt, kann einem ja nur auf den Wecker gehen, zumal sie und Oskar jede Menge Spaß mit den Insektenlutschern gehabt hatten.

Plötzlich machte der Bus eine Vollbremsung und ich wurde unsanft gegen Jonas aus meiner Klasse geschleudert. Wie jeden Morgen hatte er sich neben mich gequetscht. Heute früh roch er nach Zwiebelaufstrich.

»Sorry«, murmelte ich und schaute neugierig nach draußen, um herauszufinden, warum wir angehalten hatten. Wir standen an der Kreuzung vor dem Flüchtlingsheim, offensichtlich war ein kleiner Junge mit seinem Rad vor den Bus geraten und unser Fahrer hatte gerade noch bremsen können. Zum Glück war ihm nichts passiert!

Hinter dem Absperrgitter des Heims drängelten sich viele neugierige Kinder, einige von ihnen hatten sich am strengen Wachpersonal vorbeigeschmuggelt und standen jetzt um den Jungen herum. Wir hörten sie lautstark mit dem Busfahrer diskutieren, der ausgestiegen war.

»Pack«, meinte ich Jonas murmeln zu hören, und noch bevor ich etwas sagen konnte, hielt er sich den Kopf, weil ihn etwas unsanft an der Schläfe getroffen hatte. »Aua!« Das kam lauter.

Überrascht blickte ich mich um. Shark schaute unbeteiligt aus dem Fenster. Mit einem demonstrativen *Plopp!* ließ sie ihre Kaugummiblase platzen. Ich grinste in mich hinein, hielt mir die Nase zu und rückte ein Stück von Jonas ab.

Kurz darauf ging unsere Fahrt endlich weiter und keine zehn Minuten später saß ich im Englisch-Unterricht bei Herrn Nüsslein-Büchsenschütz, zum Glück gerade noch pünktlich.

»Hast du dir neue If-Sätze ausgedacht?«, wisperte mir Jonas zu, als ich meine Sachen auf dem Tisch ausbreitete, wir waren auf den letzten Drücker in den Klassenraum geflitzt. Natürlich nicht, die hatte ich in all der Aufregung gestern glatt vergessen. Erst der Ärger mit Marie, Özge und Katharina, dann Pepper und Shark und schließlich Mama mit ihren Lateinvokabeln.

»Kannst du abschreiben, wenn du willst.« Jonas schob mir beflissen sein Heft hin, doch zu spät, der Nüsslein-Büchsenschütz hatte mich schon ausgeguckt. Er war ein junger, schmächtiger Typ, der sich in unserer Klasse kaum durchsetzen konnte, weil er selbst noch wie ein Schüler wirkte. Deshalb nahm er *immer* entweder Suzu,

Jonas oder mich dran, weil wir *immer* die Hausaufgaben hatten und *immer* mitmachten. Doch bevor er mich aufrufen konnte, öffnete sich die Tür – und Shark kam herein. Mir fielen beinahe die Augen aus dem Kopf.

»Hi, I'm here now«, stellte sie sich vor, setzte sich neben Pia in die zweite Reihe und legte ihre Hummelleggingsbeine auf den Tisch.

»Welcome, Sophie«, begrüßte sie Herr Nüsslein-Büchsenschütz freundlich. Als hätte er sie längst erwartet, machte er ein Häkchen hinter ihrem Namen, ihre Hummelleggingsbeine auf dem Tisch ignorierte er einfach.

»Typisch«, wisperte Suzu neben mir. »Warum sagt uns niemand, dass wir eine Neue in die Klasse bekommen? Das Wichtige im Leben wird uns immer verschwiegen!«

»Let the show begin ...«, murmelte Jonas von der anderen Seite und starrte Shark fasziniert an. Ich fragte mich, was meine Mutter wohl sagen würde, wenn einer ihrer Schüler die Füße auf den Tisch legen würde und zu spät und ohne Entschuldigung in den Unterricht käme. Erwartungsvoll richteten sich prompt sämtliche Schüleraugen auf Herrn Nüsslein-Büchsenschütz, der sich sichtlich Mühe gab, sich von Shark nicht aus der Fassung bringen zu lassen.

»Well! Dann wollen wir mal sehen, wie fit du in Englisch bist und was du auf deiner alten Schule gelernt hast, dear Sophie! If you would be so kind and read the exercises in the book.« Er schaute sie auffordernd an, während ein paar hektische rote Flecken seinen Hals hinaufkrochen.

»Und wenn ich nicht so kind bin? I don't want to swagger about my English skills ... I mean, I'm a native speaker, so what?!« Shark lächelte freundlich und hielt seinem Blick stand, die ganze Klasse hielt den Atem an und dem Nüsslein-Büchsenschütz verschlug es die Vokabeln. Er brauchte einen Moment, bis er sich wieder gefangen hatte. Dann erklärte er ihr umständlich, dass es ja nicht ums Angeben ginge, sondern um das Einschätzen ihrer Leistung, schließlich wolle sie am Ende des Schuljahres ja eine gute Note in ihrem Zeugnis stehen haben, egal ob native speaker or not, und fürs Abi sowieso and so on.

»Alrighty brighty!« Shark gähnte und spielte demonstrativ mit einem Faden an ihren Leggings.

Ein Murmeln ging durch die Klasse, Suzu stupste mich aufgeregt in die Seite, morgen würde ich dort lauter blaue Flecken haben.

»Der ist es egal, welche Noten sie hat, ich glaub's nicht!«, raunte mir Jonas zu. Er schnipste die ganze Zeit über schon aufgeregt mit dem Finger. Vor sich hatte er zwei Seiten fein säuberlich aufgeschriebener If-Sätze liegen.

»Ich will keine guten Noten, girls just wanna have fun. Spaß, you know?«, meinte Shark. In der Art, wie sie es sagte und den Nüsslein-Büchsenschütz dabei anschaute, klang es absolut ehrlich. Mir rutschte das Herz in die Hose. Der Nüsslein-Büchsenschütz und Spaß? Ich hatte selten so einen ernsthaften Menschen erlebt wie ihn. Außer Mama.

»Spaß?! Wo gibt es denn so was?«, schnaubte unser Lehrer und schien kurz vorm Losweinen.

»Na, hier, oder?« Shark sah sich jetzt in der Klasse um, als erwarte sie von uns Unterstützung. Aber keiner von uns traute sich, etwas zu sagen. Schule und Spaß, das war eine Gleichung, die nicht aufging, das wussten wir seit der ersten Klasse. Spätestens wenn Shark meine Mutter kennenlernen würde, würde sie das kapieren. Mir entfuhr ein tiefer Seufzer.

»Oh, ihr habt alle Schiss, was?« Der Reihe nach ernteten wir ihren abschätzenden Funkelblick. »Oder habt ihr vergessen, was Spaß macht?«

Unruhig rutschte ich auf meinem Sitz hin und her. Ich spürte, dass sie recht hatte, traute mich aber nicht, irgendetwas zu sagen. Immerhin war ich ein Lehrerinnenkind.

»Ihr seid in der Schule, um zu lernen, nicht um zu lachen. Damit aus euch eines Tages kluge Menschenkinder werden.« Der Nüsslein-Büchsenschütz hatte sich wieder gefasst.

»Lachen macht dumm?«

Spätestens jetzt hätte man eine Stecknadel fallen hören können, so still war es im Raum. Mit angehaltenem Atem wartete ich auf Nüsslein-Büchsenschütz' Antwort. Hoffentlich machte er jetzt keinen Fehler.

»Du hältst dich wohl für oberschlau, Lady Sophie?«

Ich zuckte zusammen. Das war's. Ab sofort würde ihn Shark in der Luft auseinandernehmen. Genüsslich. Stück für Stück. Ich kannte sie kaum, wusste nicht, woher sie kam und was sie hier überhaupt suchte. Aber eins kapierte ich, wie ich da angespannt zwischen Suzu und Jonas saß: Shark war klüger als die Klasse zusammen, schlauer als die Schulgemeinschaft, intelligenter als Oskar. Vielleicht war sie auch einfach nur genial. Und verrückt. Ich seufzte und glühte innerlich vor Bewunderung. Wie gerne hätte ich jemanden wie sie zur Freundin gehabt!

Zu meiner Verwunderung ging Shark gar nicht weiter auf seine unüberlegte Antwort ein.

»If I was a teacher, I would teach life essencials to the pupils«, antwortete Shark in einem astreinen, akzentfreien Englisch. Sie schaute dabei dem Nüsslein-Büchsenschütz geradewegs in die Augen und man konnte förmlich spüren, wie alle in meiner Klasse den Atem anhielten und seiner Reaktion entgegenfieberten. Das hier war englisches Theater vom Feinsten! Nur Songül hatte erschrocken die Hand vor den Mund geschlagen.

Erstaunlicherweise ließ unser Lehrer sich diesmal so schnell nicht aus der Reserve locken, sondern ging auf ihr Spielchen ein, locker flogen die Sätze hin und her.

»If I talk so big, I would give better examples.«

»If you need examples you'll get some.«

»If you ask me I want do know them please.«

»If you want to know things you have to go to school, haven't you?«

Oha, was jetzt? Shark machte ein Poker-Gesicht, zückte ihr Smartphone und scrollte gelangweilt darauf herum. Der Nüsslein-Büchsenschütz schnappte nach Luft und suchte nach einer passenden Antwort, aber ihm fiel offensichtlich nichts ein. Glücklicherweise erlöste ihn die Pausenklingel von weiteren Peinlichkeiten.

Shark zuckte mit den Schultern und grinste mich an. »If you want to have fun, go out and have some!«, sagte sie. Ich grinste zurück.

»IF I HAD A WORLD OF MY OWN, EVERYTHING WOULD BE NONSENSE. NOTHING WOULD BE WHAT IT IS, BECAUSE EVERYTHING WOULD BE WHAT IT ISN'T. AND CONTRARY WISE, WHAT IS, IT WOULDN'T BE. AND WHAT IT WOULDN'T BE, IT WOULD. YOU SEE?« (LEWIS CAROLL, ALICE IN WONDERLAND)

Natürlich waren Shark und ihr starker Auftritt im Englischunterricht Gesprächsthema Nummer eins. Pia, Leonie und Michelle drängelten sich neugierig um »die Neue« herum und versuchten, sie auszuquetschen: Wo sie wohnte, wo sie vorher auf die Schule ging, warum sie jetzt erst mitten im Schuljahr auftauchte, woher sie so gut Englisch konnte und Vanessa, die hinzugetreten war, wollte natürlich wissen, wo man die coolen Leggings kaufen konnte. So unauffällig wie möglich lungerte ich in ihrer Nähe herum, waren es doch genau die Antworten, die mich brennend interessierten, nach denen ich aber nicht zu fragen gewagt hatte. So erfuhr ich, dass Sharks Eltern angesehene Forscher waren, vielleicht sogar im nächsten Jahr den Nobelpreis erhielten. Und damit sie sich auf ihre wichtige Arbeit konzentrieren konnten, sollte Shark eine Zeit lang bei ihrer Tante leben und hier zur Schule gehen.

Die Jungs aus meiner Klasse versuchten auf ihre Weise, Kontakt mit ihr aufzunehmen. Paul hing an seinem Smartphone und googelte ihren Namen und Nicolai flatterte wie ein verliebter Falter um die Mädchentraube herum. Aber Shark tat so, als bemerke sie sie nicht.

Auch Jonas zeigte sich beeindruckt, und der interessierte sich normalerweise nur für seine Wissenschaftlerbiografien und nicht für Mädchen. »Wow«, sagte er und biss in sein unvermeidliches Pausenbrot, diesmal quoll eine weiß-grüne Masse zwischen den Scheiben hervor, »die hat es echt drauf.«

Was genau er damit meinte, konnte ich nicht mehr herausfinden, denn in diesem Moment spürte ich einen Schlag in meinen Kniekehlen und mir sackten die Beine weg. Ich konnte mich gerade noch an Jonas festhalten.

»Hey, was soll das«, rief ich Marie hinterher, die kichernd mit Özge und Katharina wegrannte und dabei ihren Smoothie beinahe verschüttete. Aber ich konnte es mir schon denken. Mama hatte ihr garantiert keine Eins auf die Mathehausaufgabe verpasst, dabei hatte ich mir solche Mühe gegeben, alles richtig zu rechnen. Vielleicht hatte ich auch einen Fehler zu viel eingebaut, damit sie nichts merkte, und der war Marie nun zum Verhängnis geworden.

Als die Pause vorüber war und es zur nächsten Stunde klingelte, wartete ich gespannt auf Shark, doch von der war nicht eine Hummel ihrer Leggings zu erblicken. Gerade als ich auf meinen Platz huschen wollte, hörte ich aus dem benachbarten Chemiesaal einen ohrenbetäubenden Schrei. Kurz darauf öffnete sich die Tür und Marie stürmte panisch hinaus, gefolgt von Özge und Katharina.

»Ich bin vergiftet worden!«, röchelte sie. »Hilfe!« Theatralisch fasste sie sich an den Hals, in der anderen Hand hielt sie eine Glasflasche. Das, was früher mal ein sonnengelber Smoothie war, schimmerte grün-gräulich vor sich hin und roch bis zu mir nach Pilzen und faulen Eiern. Igitt!!! Özge und Katharina standen völlig geschockt neben ihr und wussten nicht, was sie tun sollten.

Einen kurzen Moment lang überlegte ich ernsthaft, den Notarzt zu rufen, doch dann bemerkte ich, wie Özges Hose langsam ihre Beine hinunterrutschte und Katharinas Strumpfhose riesige Löcher bekam, als hätte jemand die Fäden gezogen. Da wurde mir alles klar.

Oben ist unten und unten ist oben
Alles ist wahr und doch nur gelogen
Die Zeit steht still, alles im Fluss
Ich lach mich kringelig und krieg
'nen Kuss.
Morgen ist gestern und heute bist du
Abends ist jetzt und ich schaue zu
Wie du tanzt, lachst, eckige Kreise drehst
Alles vergisst und die Uhr anhältst.
Ich tauche in dich, bin ganz bei mir,
bin voller Liebe und tanze mit dir.

6

Später wollte ich in der Zoohandlung Medikamente für Oskars Guppys kaufen, die seltsame weiße Pünktchen hatten. Im Laden war es rappelvoll, also stellte ich mich geduldig in die Schlange und wartete, bis ich drankam. Und da passierte es: Ein Typ mit einer Tüte Mehlwürmer in der Hand rempelte meinen Hintermann an, der wiederum stolperte, fluchte, fuchtelte in der Luft, erwischte die Tüte – und die Mehlwürmer prasselten auf mich herab wie eine Dschungelcamp-Dusche. Es waren die extragroßen, die sich jetzt in meinen Haaren und in meiner Jacke verkrochen. UHRGHÄHH!!! Wie vom Affen gebissen, äh: von Mehlwürmern geküsst, lief ich nach Hause.

»Huch, was ist denn mit dir passiert?«, fragte Oskar, als ich panisch an ihm vorbeirannte und im Badezimmer verschwand. Dort riss ich mir in der Dusche sämtliche Klamotten vom Leib, hüllte mich in ein großes Handtuch und lief wieder in den Flur. Ich zitterte am ganzen Körper.

»Uuärgh! Wo bist du denn gewesen?«, hakte Oskar nach und schnüffelte angeekelt an mir herum. Natürlich hatte er vor der Tür auf der Lauer gelegen und auf mich gewartet.

»Im Zooladen! Um für deine Guppys Medizin zu kaufen.« Ich stand immer noch unter Schock.

»Und deswegen stinkst du so?«

»Kann ich was dafür, wenn der Typ seine Mehlwürmer über mir verschüttet?« Mich würgte es. »Ich bin und bin nicht drangekommen! Obwohl ich in der Reihe stand, haben die mich einfach übersehen … wie immer.« Ich wischte mir über die Augen.

Fische sind im Wasser lebende Wirbeltiere, die sich mit Flossen fortbewegen und durch Kiemen atmen. Obwohl sie oft als Kaltblüter bezeichnet werden, gehören sie zu den wechselwarmen Tieren, weil sie sich der jeweiligen Umwelttemperatur anpassen können. Der Körper ist meist gestreckt und hat die Form einer Spindel. Daneben gibt es auch schlangenförmige und abgeplattete Formen. Aprilfische sind aus Papier, aber sie bringen die Menschen zum Lachen, Freundschaftsfische sind für immer.

»Aber ich kann leider nicht auf den Tresen klettern, so wie du …« Ich guckte meinen Bruder seufzend an und wuschelte ihm durchs Haar. Er ließ sich nämlich nicht so einfach abwimmeln, er hatte immer irgendwelche Tricks auf Lager, um sich bemerkbar zu machen. Entweder schrie er mit schriller Stimme seinen Namen, trommelte mit den Füßen auf dem Boden herum oder kletterte, wenn es eben sein musste, auf den Tresen. Dann startete er seine unwiderstehliche Charme-Offensive, mit der er selbst die hartgesottenen Verkäufer um den Finger wickelte. Am Ende erreichte er schließlich immer, was er wollte. Inklusive 20 % Rabatt, drei Päckchen Gummibären und einem Gratis-Kinogutschein. Aber ich war nicht Oskar, sondern Linn. Und durch die sahen alle hindurch wie durch Klarsichtfolie auf Plexiglas.

»Und jetzt krabbeln die Mehlwürmer in der Badewanne herum?«, hakte er nach.

»Schlaues Kerlchen!«

Wir machten eine Pause und überlegten, was zu tun wäre. Der Mehlwurmgestank waberte mir abermals in die Nase und machte, dass mir ordentlich übel wurde, noch übler als von Maries Smoothie.

»Du musst duschen!«, meinte Oskar.

»Aber erst müssen diese Mehlwürmer aus der Wanne!«

»Und wie?«

Wieder schwiegen wir. Denn in einer Sache waren wir uns einig, auch wenn wir sonst nicht immer einer Meinung waren: Tiere mit Wasser durch den Abfluss spülen kam nicht infrage. Aus unerfindlichen Gründen aber wollte Oskar sie nicht für seine Sammlung behalten. Wir sahen uns an.

»Pepper!«, riefen wir wie aus einem Munde.

»Nur: Wie kriegen wir die hierher, ohne dass Mama es merkt?«

»Ach, heute ist Konferenztag, da kommt sie nicht vor dem Abendessen nach Hause«, dachte ich laut und winkte ab.

»Ob Shark schon da ist? Komm, wir sehen nach …« Schon flitzte Oskar die Treppe hinunter. Wie immer stand die Tür zu Tildas Wohnung offen, nur wirkte alles gespenstisch leer und ruhig, keine Musik, kein Stimmenwirrwarr. Dafür roch es intensiv nach Kokos und ich bekam prompt Hunger auf Bounty.

Noch ehe wir rufen konnten, kam Pepper angeflattert. Sie setzte sich auf meinen Kopf, den sie sofort hingebungsvoll beschnäbelte. Es war Liebe auf den ersten Blick! Der Mehlwurmduft zog sie magisch an!

»Hurra!«, rief Oskar. »Komm, du musst schnell nach oben!« Schon lief er wieder nach oben und ich so schnell wie möglich hinterher.

Im Badezimmer angekommen, blieben wir stehen und schauten zu, wie Pepper einen Mehlwurm nach dem anderen verputzte. Es musste für sie wie Weihnachten mit Geburtstag und Ostern sein, sie haute rein, als hätte sie wochenlang nur Dinkelhirseflocken gepickt.

»Schau nur, sie schafft sie alle«, rief Oskar begeistert.

»Von wegen Kuchen-U-Boote«, murmelte ich und deutete grinsend auf Peppers Bauch, der sich unter ihrem Gefieder unübersehbar blähte. »Die steht auf Würmer!«

»Hihikrkr!«, rief Pepper und flatterte auf. Zu unserem Entsetzen flog sie jetzt ins Wohnzimmer.

»Oh nein! Sie darf nicht auf Mamas Schreibtisch kacken!« Oskar raufte sich seine strubbeligen Haare.

»Weg da!« Ich war immer noch splitterfasernackt und hatte nur das Handtuch umgebunden. So jagten wir die Elster, genauer gesagt versuchten wir, sie wieder durch die Haustür ins Treppenhaus nach unten zu Shark zu schicken. Als hätte sie nicht den Bauch voller Mehlwürmer, segelte Pepper federleicht durch unsere Zimmer. Wir hechteten ihr hinterher und versuchten immer wieder vergeblich, sie einzufangen. Jetzt nahm sie Kurs auf Oskars Zimmer.

»Die Fische!«, riefen wir wie aus einem Mund, obwohl ich mir gar nicht sicher war, ob Elstern Fische mochten, aber Pepper war alles zuzutrauen.

In diesem Moment hörten wir jemanden die Treppe hinaufschnaufen.

»Mama!«, riefen wir wie aus einem Mund. Wieso kam die schon so früh nach Hause?

Ich wischte noch schnell einen Klecks Hinterlassenschaft von Pepper auf, während Oskar die Elster in letzter Sekunde in seinem Zimmer einsperrte. Hoffentlich würde sie die Guppys in Ruhe lassen!

»Was ist denn hier los?«, wunderte sich meine Mutter über das Chaos. Auf unserer Jagd hatten wir Tische und Stühle verrutscht und eine Vase umgeworfen.

»Wir haben Fangen gespielt, ich wollte gerade unter die Dusche«, sagte ich und wickelte mich in mein Handtuch. Ich wurde noch nicht einmal rot vom Lügen.

»Na, worauf wartest du ... Oskar kann in der Zwischenzeit wieder aufräumen.« Mama stellte die mitgebrachten

Einkaufstüten auf dem Küchenschrank ab und hatte offensichtlich nicht vor, sich weiter über das Chaos aufzuregen. Das war ungewöhnlich. War sie etwa krank? Oder hatte sie heute lauter Einser vergeben können? Musste ich mir Sorgen machen?

Oskar schaute mich unschlüssig an.

»Jetzt geh schon!«, flüsterte ich ihm zu und machte eine scheuchende Handbewegung. »Und dann kümmere ich mich um Pepper.«

In diesem Moment kam Mama aus der Küche und rieb sich die Schläfen. »Linn«, sagte sie mit matter Stimme, »bitte macht euch selbst etwas zu essen. Ich muss mich hinlegen und eine Schmerztablette nehmen, dieses Kopfweh macht mich heute noch wahnsinnig …« Schon war sie im Schlafzimmer verschwunden und ich machte mit Oskar High-Five, auch wenn mir Mama mit ihrer Migräne leidtat. Manchmal brauchte man eben einfach Glück.

Unter der Dusche fasste ich einen Plan: Ich würde Pepper einfangen und dann zu Shark in die Wohnung bringen. Dort würde ich so lange warten, bis sie zurückkäme, und dann würden wir gemeinsam in der Hängematte abhängen. Und ich könnte sie ein bisschen ausquetschen darüber, wo sie herkam, was mit ihren Eltern war und wie es sich anfühlte, alleine zu leben.

Doch mein Vorhaben scheiterte grandios. Zuerst ließ und ließ sich Pepper nicht einfangen. Sie flog munter in Oskars Zimmer umher, segelte über unzählige Papierschnipsel und Briefchen. Sie ließ sich kein bisschen von mir locken, noch nicht einmal mit Zitronenkuchen, mit dem ich es in meiner Not versuchte. Kein Wunder, sie hatte den Bauch ja auch voller Mehlwürmer! Schließlich gelang es mir i-r-g-e-n-d-w-i-e, eine Decke über den Vogel zu werfen, aber da hatten wir schon das halbe Zimmer verwüstet. Schnell wischte ich die Sauerei von Oskars Regal und Bett und warf einen mitleidigen Blick auf sein Aquarium. Um die Fische würden wir uns erst später kümmern können ...

Leise, leise, damit Mama nichts merkte, schlich ich mit der gefangenen Pepper unter der Decke aus der Wohnung. Oskar hatte sich vor den Fernseher verzogen und sich in eine Doku über Zwergponys vertieft.

»Hallo, bist du da?«, rief ich sicherheitshalber, als ich Tildas Wohnung betrat, die jetzt Shark alleine bewohnte, aber niemand antwortete. Ich entließ die eingesperrte Elster aus ihrem Deckengefängnis, die sofort glücklich umherflatterte und ihr fröhliches »Hihikrkr« krähte.

»Na, dann warten wir mal, bis dein Frauchen wieder zurückkommt, was?« Ich ließ mich in die Hängematte gleiten und schaukelte sanft hin und her. Endlich alleine! Ohne Oskar! Ohne nerviges Getue von Marie, Özge und Katharina. Und ohne Mamas generalstabsmäßige Anweisungen, lern dies, lern das, mach dies, mach das. Im Vorübergehen hatte ich mir noch einen pinkfarbenen Lolli geangelt, in dem eine winzige Himbeere funkelte, hoffentlich ohne Laus ... Während ich gemütlich vor mich hin schaukelte, fühlte ich mich plötzlich froh und leicht – und fast ein bisschen stark.

Keine Ahnung, wie lange ich in Sharks Hängematte vor mich hin döste. Ich wurde davon wach, dass ich Mama lautstark meinen Namen durchs Treppenhaus rufen hörte und Pepper, die es sich in meinen Haaren gemütlich gemacht hatte, erschrocken aufflatterte. Mist, verdammt, hoffentlich merkte meine Mutter nicht, wo ich gewesen war. Möglichst leise hüpfte ich aus der Hängematte.

»Bis bald, Pepper«, flüsterte ich der Elster zu, »ich muss jetzt gehen!« Und mit diesen Worten schlüpfte ich zur Tür hinaus.

Oben empfing mich ein Donnerwetter der Extraklasse, als ich die Küche betrat.

»Wo bist du gewesen? Doch nicht etwa unten in *dieser* Wohnung?«, schnaubte Mama empört, offensichtlich hatten die Schmerztabletten gewirkt und ihr ging es wieder besser. Sie war wieder fast die Alte. »Wie oft habe ich es dir verboten! Das ist kein Umgang für dich!«

Ich hielt den Atem an. Möglichst unauffällig zupfte ich mir eine Elsternfeder vom Shirt.

»Und Oskar ist die ganze Zeit über alleine hier! Nie kann ich mich auf dich verlassen ... wetten, dass du auch deine Hausaufgaben noch nicht gemacht hast?«, schimpfte sie weiter.

Ich schwieg, doch in mir brodelte es. Mama war einfach schrecklich ungerecht! Und gemein. Kein Wunder, dass sie die unbeliebteste Lehrerin auf der ganzen Schule war. Doof nur, dass ausgerechnet ich das immer ausbaden musste. Dafür konnte ich sie in diesem Moment nicht leiden.

Bevor sie ihre Schimpftirade fortsetzen konnte, kam Oskar aus seinem Zimmer.

»Die Guppys sind krank«, sagte er mit weinerlicher Stimme. Sofort schaltete Mama in den Mitleidsmodus. Sie hob Oskar auf den Küchentisch und streichelte ihm tröstend durch die Haare.

»Das wird schon wieder!«, meinte sie. »Wir besorgen Medizin und dann werden sie ganz schnell wieder gesund. Linn, bist du so lieb und kümmerst dich?«

Ich verzog genervt das Gesicht. Das war mal wieder typisch! Oskar hatte ein Problem und ich sollte es lösen, dabei war der Kleine zwar nicht groß, aber alt genug, um für sich selbst einstehen zu können. Aber wie er mir jetzt über Mamas Schulter hinweg zuzwinkerte, kapierte ich, dass seine Guppy-Mitleids-Show volle Absicht gewesen war.

»Okay, kein Problem, ich geh dann mal«, rief ich. Bevor Mama noch etwas sagen konnte, hatte ich meine Jacke vom Haken geschnappt und war die Treppe hinuntergerannt. Vorbei an Tildas Wohnung, in der Pepper herumflatterte, vorbei an dem Murmeln der Topraks und einem Herrn Pistorius, der neugierig hinter seinem Türspalt hervorlugte, als ich an ihm vorbeipolterte.

Draußen auf der Straße empfing mich sommerlicher Nieselregen, der mir angenehm kühl entgegenschlug. Mittlerweile dämmerte es, ich musste mich beeilen, wenn ich noch im Zooladen Guppy-Medizin kaufen wollte. Zu meinem Glück übersah mich der Verkäufer diesmal nicht, händigte mir ein sündhaft teures Päckchen aus und keine fünf Minuten später befand ich mich wieder auf dem Heimweg. Die Guppys waren gerettet!

Steht ein kleines Mädchen vorm Aquarium und versucht mit den Fingern, die Fische heranzuzoomen ... ich stehe oft vor deinem Bild und versuche, die Erinnerung an dich groß zu machen, damit ich die gemeinsame Zeit mit dir ja nicht vergesse, zum Beispiel welchen Spaß wir hatten, wenn wir uns um die Wette Witze ausgedacht haben. Und dann will ich klein bleiben, nicht wachsen, nicht erwachsen und vernünftig werden.
Alle Kinder jagen den Weißen Hai. Nur nicht Schröder. Der ist der Köder.

7

Auf Umwegen lief ich nach Hause, genauer gesagt, wechselte ich am Friedensplatz den Bus, weil ich die MÖKs in den hinteren Reihen entdeckte. Zum Glück hatten sie mich nicht bemerkt und so nutzte ich die Gelegenheit, ihnen von draußen hinterherzuwinken. Zur Antwort zeigten sie mir den Stinkefinger und streckten die Zunge heraus.

Leider kam ich deshalb eine Winzigkeit von acht Minuten zu spät zum Abendessen, aber ausnahmsweise schien es Mama nicht weiter zu stören, sie nickte mir nur wohlwollend zu. Halfen diese Schmerztabletten etwa doch gegen Meckerattacken? Dann sollte sie die bitte öfter nehmen! Während ich mich schnell an den Küchentisch setzte und mir ein Kräuterquarkbrot strich, musste ich pausenlos an Shark denken. Als ich nämlich gerade die Treppenstufen hochgelaufen kam, war die Tür zu ihrer Wohnung verschlossen gewesen, nicht wie üblich nur angelehnt oder gar einen Spalt weit offen. Das fand ich ungewöhnlich. Noch ungewöhnlicher war, dass aus dem Schlüsselloch Kuchenduftschwaden drangen und durchs Treppenhaus waberten.

Aufgeregt hatte ich geschnuppert, doch es roch weder verbrannt noch verkokelt, kein Grund, die Feuerwehr zu alarmieren. Es waren lauter kleine Rauchkringel, die sich durch das Schlüsselloch hindurchzwängten und einen köstlichen Geruch verbreiteten. Zimt, Vanille, Apfel und ein Hauch von Limette und Koriander. Am liebsten wäre ich sofort zu Shark in die Küche gelaufen, um herauszufinden, welche Zutaten sie außerdem noch hinzugefügt hatte. Statt Insekten diesmal Chilischoten und Pfefferkörner? Doch ein Blick in Mamas Gesicht ließ mich die kühnsten Pläne sofort vergessen.

Auch Oskar hing schweigend über seinem Butterbrot, er gähnte in einer Tour. Irgendwann stand er wortlos auf, scheinbar viel zu müde, um seinen Teller in die Spülmaschine zu räumen. Kurz darauf hörten wir ihn in seinem Zimmer mit den Guppys sprechen. Hurra, er war von den Scheintoten auferstanden! Oder telefonierte er? Auf alle Fälle textete er jemanden lautstark zu, plötzlich wieder ungewöhnlich wach, ich hörte ihn giggeln und kichern.

»Wie läuft es denn so in der Nachhaltigkeits-AG, Linn?«, versuchte es Mama mit einem Gespräch, während ich ihr half, den Tisch abzudecken. Oskars Spezialstuhl war von Krümeln übersät, Pepper hätte ihre helle Freude daran gehabt, sie alle wegzupicken.

»Geht so«, antwortete ich ausweichend. »Die Experimente kenne ich ja schon alle ...«

»Ich werde mal mit Frau Gunkel reden, damit der Unterricht spannender und anspruchsvoller wird«, meinte Mama und stellte Oskars Vitaminpräparate zurück in den Schrank, nicht ohne ihm vorher noch ein dicke Pille herausgedrückt zu haben.

»Hier«, sagte sie und reichte sie mir mit einem Glas Saft dazu. »Die hat er vergessen, deshalb war er vorhin so müde. Bringst du sie ihm bitte?«

Froh darüber, auf diese Weise dem Küchendienst entkommen zu können, schlüpfte ich zu Oskar ins Zimmer. Der sprang erschrocken vom Schreibtisch auf.

»Kannst du nicht klopfen?«, knurrte er.

»Sorry, tut mir leid!« Ich ließ mich einfach auf sein Bett fallen. In Oskars Zimmer fühlte ich mich immer wie Schneewittchen bei den sieben Zwergen, weil alles so klein war. Bett, Stuhl, Schrank, alles Spezialanfertigungen für einen Jungen, der in seinem Leben vielleicht nie größer als ein Meter und zehn werden würde.

»Schon okay ... aber kannst du jetzt bitte wieder gehen?« Oskar stand mit verschränkten Armen vor mir, die Vitamintablette hatte er einfach zur Seite gelegt.

»Ich geh ja schon!« Obwohl mir die Neugier zwischen den Pobacken brannte, stand ich auf, dabei rutschten unter der Bettdecke drei eng beschriebene Blätter heraus in einer Schrift, die ich nicht kannte.

Oder doch ...?

»Was ist das?«, fragte ich, begann zu lesen – und prustete los. »Wenn es in der Papierfabrik brennt, benutzt die Feuerwehr dann Löschpapier? Gibt es bei Nacktschnecken auch Hausgeburten? Nennt man Vorräte von Eichhörnchen Ersparnüsse?«

»Genial, oder?«, meinte Oskar und musste selbst über seine philosophischen Denkübungen lachen.

»Cool! Hast du noch mehr davon?« Neugierig hatte ich nach einem Stapel fliederfarbener Blätter gegriffen, bevor mich Oskar daran hindern konnte.

»Oha«, las ich überrascht. »Liebesbriefe?! ›Deine Augen leuchten mich an, wie Sterne am Nachthimmel funkeln.‹ Durch dich sehe ich die Welt hell und nicht im Dunkeln‹ ... Muss ich das verstehen?« Kopfschüttelnd studierte ich, was er noch geschrieben hatte. »Kreuze an: Willst du mit mir gehen/laufen/schwimmen? Willst du mit mir Popcorn/Pizza/Burger essen? Willst du mit mir ins Kino/Schwimmbad/Bett?« Ich prustete abermals los.

Oskar riss mir entnervt die Blätter aus der Hand. »Kannst du jetzt endlich gehen?« Er packte die Blätter in seine Schreibtischschublade, seine knallrote Birne sprach Bände.

»Scheint ja irre wichtig zu sein!« So schnell ließ ich mich nicht abwimmeln.

»Stell dir vor: Ja!« Er hatte sich in seiner vollen Nicht-Größe aufgebaut und schaute mich kühl an. »Das sind Männer-Geschäfte, von denen hast du keine Ahnung! Kümmere dich lieber um deinen eigenen Mädchenkram!«, fügte er kühl hinzu.

»Männer-Geschäfte, aha!«, antwortete ich und konnte mir ein Grinsen nicht verkneifen. »Wenn es so ist, gehe ich wohl besser!«

»Ich bitte darum.« Oskar musste wie immer das letzte Wort haben.

Auch wenn du ganz weit weg bist, weiß ich, du bist mir nah. Wenn ich an dich denke, wird mir ganz warm im Bauch, das fühlt sich schön an. Dann weiß ich genau, du denkst auch an mich. Und das tröstet mich, wenn ich traurig bin und mich einsam und alleine fühle. Viel näher bist du mir, wenn ich lustige und frohe Dinge mache, weil ich weiß, du würdest genauso wie ich deinen Spaß daran haben.

Später lag ich in meinem Bett und konnte nicht einschlafen. Unruhig wälzte ich mich hin und her und wusste nicht, ob ich sauer auf Mama sein sollte oder nicht, schließlich war sie meine Mama und ich hatte sie lieb. Meistens. Vor allem, wenn sie wie vorhin beim Abendbrot so ... normal war. Aber wenn sie die Sache mit dem heimlichen Singen und dem Weihnachtssolo herausfinden würde, hätte ich ordentlich Ärger an der Backe! Und weil sie Marie, Özge und Katharina ständig schlechte Noten aufdrückte, drangsalierten die mich bei jeder Gelegenheit.

Morgen müsste ich wegen meiner Stinkefinger-Aktion mit dem Schlimmsten rechnen. Diesmal würde ich es mir nicht gefallen lassen, wenn Marie mir den Rucksack klauen würde, nahm ich mir fest vor. Ich schob das zerknüllte Kissen unter meinem Kopf zurecht. Und wenn Özge mich an den Haaren ziehen würde? Oder Katharina mir einen Kaugummi hineinkleben, so wie neulich?

Ich schmiss mich wieder auf die andere Seite und musste an Mama denken, wie müde und blass sie gewirkt hatte, als sie vorhin mit diesen fiesen Kopfschmerzen nach Hause gekommen war. Sie tat mir einerseits immer fürchterlich leid, andererseits nervte es mich tierisch, dass sie ihre schlechte Laune immer an mir ausließ.

Warum nur war Papa so früh gestorben?, dachte ich, während ich mich abermals auf die andere Seite warf. Damals war alles viel fröhlicher und bunter und lustiger bei uns gewesen. Oskar war nur halb so klein und alles nicht so kompliziert. Und Mama kam immer bester Dinge von der Schule, während Papa für uns Spiegeleier gebraten und laut singend die Wäsche erledigt hatte. Er war Opernsänger gewesen und war immer dann zur Arbeit gegangen, wenn Mama nach Hause kam. Und jetzt? Jetzt war Mamas pH-Wert im Keller, saurer als Milch und Orangensaft und Essig zusammen. Es musste dringend etwas passieren, damit sie nicht mehr ständig schlechte Laune hatte. Kopfschmerztabletten waren natürlich keine Lösung!

Mein Bauch grummelte. Wahrscheinlich hatte ich vorhin vor lauter Oskar und Guppys zu wenig gegessen, dachte ich und stand auf, um mir aus dem Kühlschrank einen Joghurt zu mopsen. Als ich danach immer noch nicht einschlafen konnte, zog ich meinen Hoodie über und schlich leise aus der Wohnungstür, damit Mama nichts merkte. Doch die schnarchte mittlerweile tief und fest, wie ich erleichtert mit einem heimlichen Lauschangriff vor ihrer Schlafzimmertür feststellte.

Wie immer, wenn ich nicht schlafen konnte, lief ich so leise wie möglich in den dritten Stock, vorbei an Krämers und Oma Hildes Wohnung, und öffnete dann die Tür, hinter der die Treppe hinauf aufs Dach führte. »Benutzung nur im Notfall« stand auf dem Schild.

»Das hier ist ein Notfall«, murmelte ich in mich hinein und sicherte den Schnapper, damit ich auch hinterher wieder ins Haus käme. Nicht auszudenken, wenn ich mich selbst aussperren würde! Auf Samtpfoten schleichend wie eine Katze bewegte ich mich vorsichtig über das Dach Richtung Schornstein vom Nachbarhaus. Dort gab es einen Vorsprung, auf dem ich mir ein kleines Lager eingerichtet hatte. Genauer gesagt, hatte ich hinter der Mauer eine Kiste mit Kissen und Decken versteckt.

Kurz darauf saß ich, warm und gemütlich eingekuschelt, hoch über den Dächern der Stadt und schaute in die Innenhöfe der umliegenden Wohnungen. Weil das andere Haus im rechten Winkel zu unserem stand, konnte ich von meinem Platz aus in die Fenster meiner Nachbarn spähen. Ich bemerkte, dass in Ildikos Zimmer noch Licht brannte und Özge vor der Playstation ins Mikro sang, während die restlichen Wohnungen im Dunkeln lagen. Kein Wunder, es war ja auch schon nach Mitternacht und morgen war ein normaler Schul- und Arbeitstag.

Langsam breitete sich eine wohlige Müdigkeit in mir aus. Ein sternenklarer Himmel über mir, nur der Mond schaute dabei zu, wie ich hier saß. Vor allem im Sommer konnte es schon mal vorkommen, dass ich von den ersten Sonnenstrahlen im Gesicht wachgekitzelt wurde und in letzter Sekunde zurück in mein Bett huschte, bevor Mama auch nur irgendetwas Verdächtiges bemerken konnte. Immer wieder fielen mir die Augen zu, ich blinzelte dagegen an. Gerade als ich darüber nachdachte, ob es nicht doch besser wäre, wieder in die Wohnung zu gehen, blitzte hinter Tildas Küchenfenster ein Licht auf und kurz darauf wieder und wieder und wieder.

Sofort war ich hellwach. Es war Shark, die lauter rote Kerzen anzündete und sich dann in die Hängematte fallen ließ. Offensichtlich konnte auch sie nicht schlafen, denn sie trug einen teddyfellähnlichen Schlafanzug mit Öhrchen an der Mütze. Pepper hatte es sich auf ihrem Kopf gemütlich gemacht und zupfte liebevoll an ihren Haaren herum. Shark schien das nicht zu gefallen, denn immer wieder scheuchte sie die kiebige Elster weg, bis diese schließlich aufgab – und sich auf ihrem Bauch niederließ. Ich kicherte, das war typisch Pepper! Daran würde sich Shark noch gewöhnen müssen. Doch auf dem Bauch durfte Pepper auch nicht bleiben, sie wurde abermals verscheucht. Warum nur hatte Shark etwas dagegen? Kurz darauf verstand ich, wieso, denn Shark war wieder aufgesprungen, um sich aus dem Küchenschrank eine rote Kladde samt Stift zu angeln. Als sie fertig war, sich darin Notizen zu machen, hüpfte sie abermals aus der Hängematte, sodass Pepper erschrocken aufflatterte. Diesmal setzte sie sich an den Küchentisch und kramte in der Schublade herum. Sharks Gesicht wirkte im Licht der Kerzen ernst und konzentriert. Keine Spur von den Lachanfällen von heute Mittag, ihre Haare standen wirr in alle Richtungen ab. Vielleicht war sie schon eingeschlafen gewesen und hatte schlecht geträumt. Plötzlich fing Shark an, lauter quadratische Papiere vor sich auszubreiten, sie leuchteten in den buntesten Farben bis zu mir hinauf aufs Dach, schickten Lichtblitze hinaus in die Welt: Himbeerrot und Zitronengelb, Rotkohlblau und Auberginenlila, Koriandergrün und Pastinakenweiß.

Und wie ich da in meinem Versteck saß, warm eingehüllt in Decken und mit dem frischen Nachtwind in der Nase, bemerkte ich, wie reihum die letzten Lichter verlöschten. Nur Sharks Wohnung war erleuchtet und ich konnte jede einzelne ihrer Fingerbewegungen beobachten, wie sie jetzt aus den quadratischen Papieren lauter kleine Fische faltete, himbeerrote, zitronengelbe, rotkohlblaue, auberginenlila, koriandergrüne, pastinakenweiße ... sie schwammen auf dem Küchentisch bunt durcheinander, tummelten sich alsbald in ihrem Aquarium, zusammen mit Oskars Darios, Guppys und Guramis. Verwundert rieb ich mir die Augen.

Fische falten

1 Du brauchst ein quadratisches Stück farbiges Faltpapier.
Falte das Quadrat zur Hälfte zu einem Rechteck.

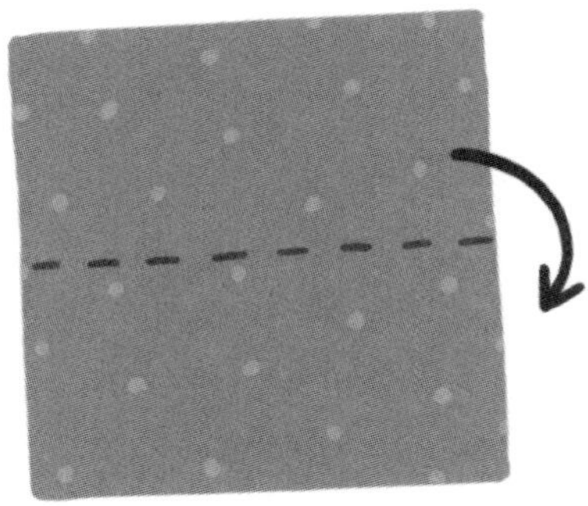

2 Dann faltest du beim entstandenen Rechteck die rechte Kante nach links, also noch mal auf die Hälfte.

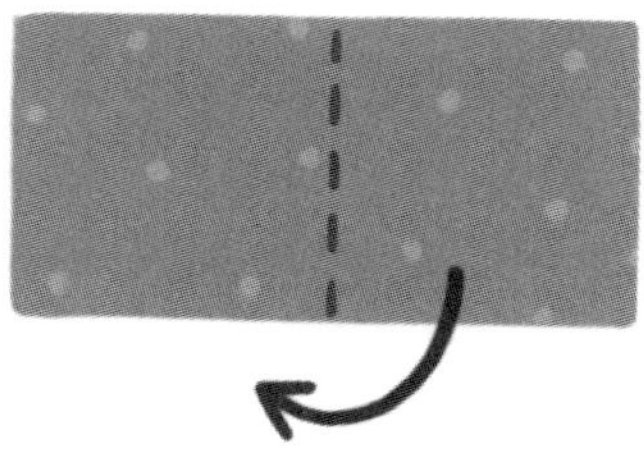

3 Jetzt öffnest du die Spitze links unten, wobei du sie nach rechts oben zu einem Dreieck umfaltest.

4 Drehe das Gefaltete auf die Rückseite um und falte erneut die Spitze zu einem Dreieck um.

5 Falte nun die linke Ecke zur Mittellinie.

6 Und dann falte die rechte Ecke darüber. So entsteht der Fischschwanz.

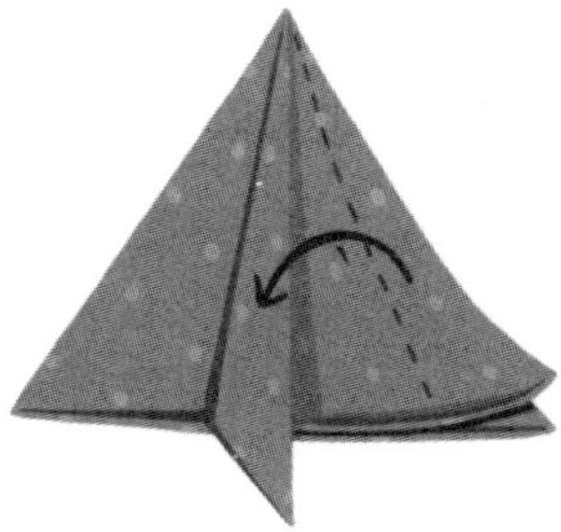

7 Jetzt ist dein Fisch fertig!

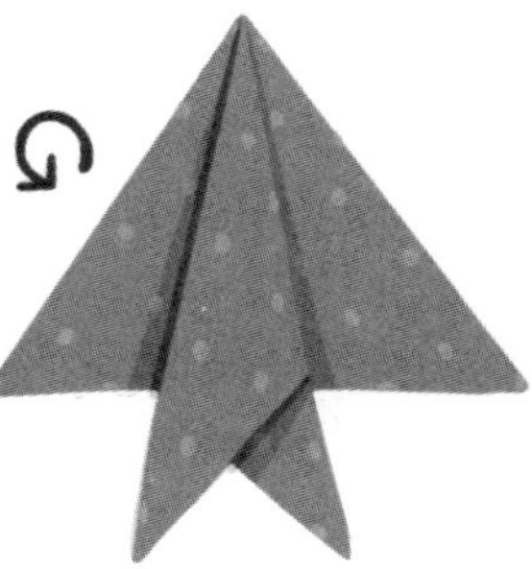

8 Wenn du magst, male ihm auf der Vorderseite mit einem schwarzen Stift noch ein Auge.

8

Irgendwann in dieser Nacht schreckte ich auf, weil mir etwas ins Gesicht schnurrte. Eine weiße Katze hockte auf meinem Bauch und grinste mich an.

»Na du, ist das etwa dein Plätzchen hier?«, murmelte ich verschlafen und streichelte ihr über den Kopf, was sie mit einem Extraschnurren über sich ergehen ließ. Der Himmel über mir war tiefdunkel, tausend Sterne funkelten um die Wette. Vorsichtig setzte ich die Katze auf den Boden, was sie glücklicherweise ohne Fauchen über sich ergehen ließ. Dann verstaute ich die Decken in der Kiste, bevor ich durch die angelehnte Tür ins Treppenhaus witschte und in unsere Wohnung zurückkehrte. Wenige Minuten später lag ich in meinem Bett und träumte weiter.

Es musste ein schöner Traum gewesen sein, denn mit einem Lächeln im Gesicht wurde ich wach, noch bevor mein Wecker klingelte. Gut gelaunt und bester Dinge hüpfte ich unter die Dusche. Wahrscheinlich hätte ich dort stundenlang vor mich hin geträllert, hätte nicht irgendwann Mama mitten im Bad gestanden.

»Kannst du nicht anklopfen?«, raunzte ich sie an, stellte das Wasser ab und angelte nach meinem Handtuch.

»Du musst dich beeilen«, sagte sie nur und schenkte mir einen mahnenden Blick durch den beschlagenen Spiegel. Da wusste ich, dass sie mich absichtlich beim Singen gestört hatte.

Schuldbewusst beeilte ich mich mit dem Anziehen, packte meine Schultasche und versuchte, Mamas sauertöpfische Miene am Frühstückstisch zu ignorieren. Oder lag es nur an dieser unmöglichen Bluse, die sie heute trug, weshalb sie so grau und griesgrämig wirkte? Oskar löffelte stumm sein Müsli in sich hinein, traurig und in sich gekehrt. Seinen Guppys ging es immer noch nicht besser, er wirkte heute Morgen noch kleiner und schmächtiger als sonst und roch merkwürdig – nach Lavendel?!

Mit einem miesen Gefühl im Bauch schlich ich später die Treppe hinunter. Sharks Tür war fest verschlossen, und als ich kurz anhielt, um zu lauschen, blieb es dahinter mucksmäuschenstill, offensichtlich war sie schon in der Schule. Zu gern hätte ich mehr über sie gewusst: Wo sie früher gewohnt hatte, welche Hobbys sie hatte außer witzige Strümpfe tragen. Woher sie so gut backen konnte. Wie es so war, alleine zu leben, und wie oft sie mit ihren Eltern chattete.

Doch sosehr ich mich auch umschaute, Shark tauchte an jenem Morgen nicht auf. Deutsch, Bio und Physik zogen an mir vorbei, immer wieder musste ich an letzte

Nacht denken und wie einsam und traurig Shark ausgesehen hatte, während sie die vielen bunten Fische faltete. Ich nahm mir fest vor, nach der Schule bei ihr zu klingeln unter dem Vorwand, ihr die Hausaufgaben zu bringen. Doch daraus wurde nichts. Erstens, weil mich die Okarina zu einer Extra-Probestunde mit dem Pianistenfritzen bestellte. Zweitens, weil ich einen eineinhalbstündigen Umweg einlegen musste, um den MÖKs zu entkommen. Und drittens, weil mich Mama zu Hause mit lauter Extra-Aufgaben versorgte. Als ich wieder an Shark denken konnte, war es Zeit zum Schlafengehen.

• •

Am liebsten würde ich dich anrufen und dir alles erzählen, was ich erlebt habe. Oder noch besser: dich besuchen und bei einem Tee gemeinsam mit dir über meine Geschichte lachen. Aber du bist nicht da, weit weg. So weit weg. Also schreibe ich alles auf, wirklich alles, lasse die Worte auf die Seite gleiten und hoffe, sie erreichen dich. Wenn ich an dich denke, versinken meine Gefühle in dir und dann ist es, als wärest du ganz nah bei mir.

• •

Shark tauchte auch in den folgenden Tagen nicht in der Schule auf. Es schien, als ob sie ebenso plötzlich ausgezogen wie eingezogen war, und die Lehrer vermissten sie scheinbar nicht. Zwischendurch fragte ich mich immer wieder, ob ich alles nur geträumt hatte. Auf mein Klingeln und Klopfen an der Wohnungstür reagierte niemand, aber weil Oskar behauptete, er hätte Shark beim Einkaufen und im Park gesehen, hörte ich irgendwann auf, sie zu suchen.

Es war fast zwei Wochen später, als mir Marie, Özge und Katharina nachmittags im Schulflur auflauerten. Ich schlenderte gerade nichts ahnend aus dem Chemiesaal, wo ich für Herrn Schmitt die Reagenzgläser gespült und aufgeräumt hatte. Meine Klassenkameraden hatten sich natürlich alle mal wieder rechtzeitig verzogen und so blieb mir nichts anderes übrig, als die Musterschülerin zu spielen.

»Was wollt ihr?«, fragte ich. Ich machte erst gar nicht den Versuch, mich an ihnen vorbeizudrängeln, und blieb einfach stehen.

»Sieh an, die liebe Linn, so ein Zufall«, meinte Marie breit grinsend.

»Macht wie immer brav, was man ihr sagt, das war schon in der Grundschule so!« Özge schaute mich provozierend an.

»Wir haben einen Sonderauftrag, der dich interessieren könnte ...«, ergänzte Katharina und machte einen Schritt auf mich zu. Unwillkürlich wich ich zurück, jetzt stand ich mit dem Rücken an der Wand. Ungünstig.

»Und der wäre?«, ging ich kleinlaut auf ihre Forderung ein. In den vergangenen Wochen hatte ich gelernt, dass

Widerstand zwecklos war und zu nichts führte – außer blauen Flecken und noch mehr Ärger.

In diesem Moment kam Herr Schmitt aus der Tür und lief eilig an uns vorbei. War ja klar. Wären wir Jungs gewesen, wäre er sofort argwöhnisch dazwischengegangen, weil ja selbst Spaßkloppe mittlerweile verboten ist. Aber bei Mädchen denken immer alle Lehrer, die sind ja brav, die quatschen nur und machen keinen Ärger.

»Komm, gehen wir ein Stück spazieren, dann erklären wir dir alles!« Marie hakte sich nicht gerade sehr freundschaftlich bei mir ein, während sie unserem Chemielehrer freundlich hinterherlächelte. Katharina ärmelte mich auf der anderen Seite unter und Özge trat mir von hinten immer wieder zufällig in die Hacken. So liefen wir zu dritt den Schulflur entlang.

»Es ist nämlich so ...«, begann Marie und ihre Stimme verhieß nichts Gutes, »...wir haben da ein Problem und dachten, du könntest uns helfen.«

Mein Herz stolperte. Mit einem Anflug von mittelgroßer Panik schaute ich mich um, aber wir liefen jetzt ganz alleine durch das Schulgebäude. Die anderen hatten sich längst davongemacht, aber wahrscheinlich hätte mir sowieso niemand geholfen. Gegen Marie, Özge und Katharina kam niemand an. Nur die Bronzebüste vom Eingang schaute stumm und schweigend zu, wie Marie jetzt meinen Arm zerquetschte.

»Autsch! Lass das, du tust mir weh!«, jaulte ich auf und versuchte, mich zu befreien, doch zur Antwort drückte sie nur fester.

In diesem Augenblick trat die Okarina aus dem Lehrerzimmer. Ausgerechnet! Jetzt bloß nichts Falsches sagen, beschwor ich meine Musiklehrerin, doch da hörte ich sie bereits folgende Worte flöten:

»Hallo Linn, wie klappt inzwischen das Solo? Ich hoffe, du übst fleißig für deinen großen Auftritt bei der Weihnachtsfeier, ich zähle auf dich. Deine Freundinnen können wirklich stolz auf dich sein, so viel, wie du übst!« Sie lächelte mich aufmunternd an.

Schon war sie an uns vorbeigeflogen. Na prima. Ich wagte kaum, die MÖKs anzusehen.

Über Maries Gesicht huschte ein Leuchten. »So ist das, ich kapiere! Unser Master-Mind singt! Lass mich raten, dein Mamilein weiß nicht, dass ihr Töchterlein ein Singstar ist!« Sie gluckste vergnügt vor Begeisterung, als ich reflexartig nickte.

»Tatatatataaaa!« Özge trompetete theatralisch in den Flur. Ich hatte ganz vergessen, dass sie so eine großartige Stimme besaß.

»Und so ein talentierter noch dazu! Ein Solo, schau einer guck! Hätte doch auch Özge singen können«, kam es von Katharina.

»Bitte verratet mich nicht!«, rutschte es mir heraus. Ich merkte, wie piepsig meine Stimme klang, und hasste mich dafür. »Bitte! Meine Mutter macht mir die Hölle heiß!«

Die MÖKs machten High-Five.

»Wir haben da eine Idee ...«, säuselte Marie in mein Ohr und drückte mich ganz dicht an sich heran.

»Einen ganz wundervollen Einfall«, hauchte Özge.

»Einfach grandios!« Katharina breitete begeistert die Arme aus und drehte sich einmal um die eigene Achse.

»Lass mich!« Ich versuchte, mich aus Maries Klammergriff zu winden, doch je mehr ich mich drehte, desto fester packte sie zu.

»Wir helfen dir und du hilfst uns«, sagte Marie.

»Deal or not?«, sagte Özge.

»Du willst doch ganz bestimmt wissen, was du für uns tun kannst«, fügte Katharina hinzu.

»Hab ich eine andere Wahl?« Ich atmete tief durch. Suchend blickte ich mich um. Wo blieb Oskar, wenn man ihn mal brauchte? Sonst hing er immer an mir wie Matschedreck, aber heute fehlte von ihm jede Spur.

»Schlaues Mädchen!« Marie grinste und lockerte ihren Griff.

»IQ 150!«

»Herzlichen Glückwunsch!«, kommentierte Katharina.

Ich atmete tief durch und versuchte, ruhig zu bleiben. Was immer die drei von mir wollten, es verhieß nichts Gutes. Was sie aber dann von mir verlangten, ließ mein Herz rasen, meine Augen zwinkern und meinen Mund vor Schreck aufklappen: Ich sollte ihnen bis morgen die Aufgaben und Lösungen der anstehenden Mathearbeit bei meiner Mutter organisieren, am besten abfotografieren und per Whatsapp schicken.

»Da-das könnt ihr nicht von mir verlangen!« Meine

Stimme zitterte. Wenn Mama mitbekäme, dass ich in ihren Schulsachen herumschnüffelte und sie betrog, würde ich meines Lebens nicht mehr froh.

»Aber von uns verlangst du, dass wir dich nicht verraten?!« Marie grinste mich fies an und packte mich wieder fester am Arm.

»Tssss!«

»Ich glaub's nicht.« Katharina schüttelte den Kopf.

»Bitte lass mich los, du tust mir weh!«, flehte ich, doch anstatt von mir abzulassen, nahm mich Özge jetzt von der anderen Seite in die Mangel, während Katharina immer wieder spielerisch an meinen Haaren zog.

»Lasst mich, ihr tut mir weh!«, jammerte ich. Mist verdammt, warum musste mir auch Marie so fies den Arm verdrehen?

»Also, wann schickst du uns die Aufgaben?« Für Marie schien die Angelegenheit längst geregelt, Widerspruch zwecklos.

»Ich ... ich kann das nicht!«, versuchte ich, mich zur Wehr zu setzen, und japste nach Luft.

»Wie, du kannst nicht?«, höhnte Özge und baute sich drohend vor mir auf, die Hände zu Fäusten geballt.

»Wir können der Galle auch sagen, dass du heimlich für das Solo übst ...«

Katharina lächelte mich breit grinsend und sehr gemein an.

Ich war geliefert. Selbst wenn ich jetzt zustimmen würde, würden die drei in Zukunft immer diesen Trumpf in der Hand haben und mich damit erpressen. Andererseits müsste ich meiner Mutter früher oder später sowieso von dem Solo erzählen.

»Also, was ist?«

Bevor ich Ja oder Nein sagen konnte, wirbelte etwas zwischen uns. Katharina flog rücklings auf den Boden, Özge auf den Hintern und Marie fiel so heftig auf die Knie, dass es schepperte. *Autsch!* Es war Shark, die jetzt wie ein Jedi mit Händen und Füßen gegen alle drei Mädchen gleichzeitig kämpfte. Gebannt sah ich zu, wie sie Özge in die Luft hob und auf die Bronzebüste setzte, während sie Marie mit einem Fuß auf den Knien in Schach hielt und Katharina mit dem anderen Bein festklammerte, sodass diese nicht vom Fleck kam. Ich staunte. So etwas gab es sonst nur in den alten Kung-Fu-Filmen oder bei der neuen Lara Croft! Und immer wieder, wenn sich Marie, Özge oder Katharina bewegten, landeten sie flugs wieder dort, wo sie hingehörten: in den Armen der Bronzebüste!

»Was für ein Spaß!« Shark rieb sich vergnügt die Hände, bevor sie mir den Arm um die Schultern legte. »Bist du okay? Geht es dir gut?«

Ungläubig starrte ich sie an und wusste nicht, was ich sagen sollte. Benommen nickte ich. Vorsichtig schielte ich nach Marie, Özge und Katharina. Wie die drei Affen hockten sie in Bronze gegossen da und verzogen keine Miene, als wir jetzt an ihnen vorbei nach draußen auf den Schulhof liefen.

»Wie hast du das geschafft?«, fragte ich und schaute sie bewundernd an. Keine Spur mehr von dem traurigen, einsamen Mädchen von neulich Nacht. Wie Shark so vor mir stand mit ihren pink-gelb gestreiften Leggings und ihrem wachen Blick, wirkte sie unglaublich kampflustig und stark.

»Judo, Hapkido, Karate, Boxen, Taekwondo, Sumo … such dir etwas aus!« Shark zuckte mit den Schultern, die Hände in der Rocktasche vergraben, die Streifen ihrer Leggings strahlten mit dem Lächeln in ihrem Gesicht um die Wette.

Weil ich nicht wusste, wie ich mich bei ihr für diese unglaubliche Aktion bedanken sollte, hielt ich einfach meinen Mund. Schweigend standen wir uns auf dem Schulhof gegenüber, verlegen schob ich mit meinem rechten Fuß einen Kiesel hin und her.

»Kommst du mit nach Hause, in den Möbiusweg?« Die Frage war mir so herausgerutscht. Es war ja nicht ihr richtiges Zuhause, denn sie wohnte dort nur vorübergehend, und zwar ganz alleine. Ohne ihre Eltern. Und ohne Tilda, die sich einfach aus dem Staub gemacht hatte. Doch zu meiner großen Erleichterung nickte Shark.

Ohne dich wäre ich nicht, ey, das mein ich im Ernst.
Ohne dich wäre ich nur halb so stark, ohne Ideen, nicht autark.
Ohne dich wäre ich nicht, ey, das ist mein Ernst.
Ohne dich wäre ich nur halb so gut, ohne Kraft, ganz ohne Mut.
Ohne dich wäre ich nicht, ey, das ist mein Ernst.
Ohne dich wäre ich nur halb so froh, ohne Witz, einfach so.
Ohne dich wäre ich nicht, ey, das ist mein Ernst.
Ohne dich wäre ich nicht ich selbst, ohne dich, wer wäre ich?

9

Wir nahmen nicht den Bus, sondern liefen durch den Park zurück. Genauer gesagt, mussten wir im Slalom durch die vielen Menschen laufen, so voll war es. Von Albers bis Zimmermann, Aktürk bis Yüksel, Borowski bis Zakrzewski, von Amato bis Rossini, von Awolowo bis Yar'Adua, von Ahmad bis Yousif, alle Familien der Stadt waren unterwegs. Weil es für einen Spätsommertag ungewöhnlich heiß war, drängelten sie sich auf den Wegen und Wiesen. Sarah, Paulek, Ibo und Ana flitzten mit ihren Rollern umher und Omi Eri saß neben Opa Dieter auf der Bank. Über allem lag ein leckerer Grillgeruch, auf unzähligen Feuerstellen brutzelten die leckersten Gemüsespieße, Fladenbrote und Würstchen. Mir lief das Wasser im Mund zusammen, denn mein Pausenbrot war ich wie immer an Marie, Özge und Katharina losgeworden. Seit Stunden hatte ich nichts mehr gegessen.

»Komm, wir laden uns ein«, meinte Shark und lief freundlich lächelnd auf eine Gruppe Studenten zu.

»Du willst doch nicht etwa ...« ... klauen, wollte ich sagen, doch da wäre sie sofort beleidigt gewesen, also hielt ich meinen Mund.

»Hallihallo, Tilda hat gemeint, hier gibt's was zu feiern«, hörte ich Shark rufen und bemerkte, wie sie einen jungen Typ mit einem gekonnt charmanten Augenaufschlag anlächelte. Der reagierte prompt, wenn auch nicht gerade geistreich.

»Aber immer, junge Lady«, antwortete er. »Hier, magst du?« Er hielt ihr ein Schweinekotelett hin, das sie grinsend entgegennahm und kräftig hineinbiss. Fasziniert sah ich zu, wie sie es ratzeputz bis auf die letzte Fleischfaser abnagte und sich den blitzblanken Knochen in die Haare steckte. Vegetarierin war sie schon mal nicht.

»Hier, willst du auch?« Der Typ wedelte einladend mit der Grillzange, das eingeklemmte Würstchen darin wippte verlockend vor meiner Nase auf und ab.

Hungrig griff ich zu. Wenn er mich einlud, war es kein Klauen. Nachdem wir uns noch am Kartoffelsalat und an den Brötchen bedient hatten, Shark der Runde die herzlichsten Grüße von Tilda ausgerichtet und zu meiner Freude zwei Flaschen Limo ergattert hatte, liefen wir kichernd weiter.

»Die waren ja nett. Wie gut, dass du die kanntest!«, rief ich und wischte mir über den Mund. »Die Würstchen waren wirklich lecker.«

»Och, ich hab nur so getan ... und sie schienen nichts dagegen zu haben.« Shark grinste mich mit ihrem unwiderstehlichen Shark-Grinsen an, zog sich den Knochen aus den Haaren und warf ihn mit Schwung einem Dackel hin, der sofort danach schnappte.

Aus ihr wurde ich nicht schlau! Log sie, betrog sie, dachte sie sich das alles nur aus und ich war mittendrin, um ihre Träume Wirklichkeit werden zu lassen? Oder war sie einfach nur verrückt? Wenn Mama Shark so erleben würde, wäre sie garantiert nicht begeistert, das war so klar wie das neue Aquariumwasser von Oskars Fischen. Tilda hatte sie ja auch nicht gemocht und versucht, uns von ihr fernzuhalten, weil diese in *dubiose* Klubs ging.

Während ich mich mit den Limoflaschen in der Hand durch die Menschenmasse drängelte, balancierte Shark mit ihren klobigen Boots auf der Wegbegrenzung. Immerhin hatte sie auf diese Weise freie Bahn und musste nicht wie ich dauernd irgendwelchen Hundebesitzern und alten Omis ausweichen.

»Komm, wir gehen schwimmen!«, rief sie, und bevor ich »Hey, das ist hier verboten« sagen konnte, lief sie schon zum Entenweiher und zog sich unterwegs die Schuhe von den Füßen. Schon stand sie mitten unter dem Springbrunnen und tanzte ausgelassen mit ausgebreiteten Armen herum. Barfuß! Lachte! Unter der Sonne! Am helllichten Tag! Einfach so. Obwohl es gar nicht mehr so heiß war.

Hinterher wusste niemand so genau, wie es dazu kam, aber Fakt ist, dass binnen kürzester Zeit alle Parkbesucher – von Albers bis Zimmermann, Aktürk bis Yüksel, Borowski bis Zakrzewski, von Amato bis Rossini, von Awolowo bis Yar'Adua, von Ahmad bis Yousif samt Onkel, Tanten, Enkelkindern und Kindeskindern – im Entenweiher standen, sich gegenseitig nass spritzten und einen Riesenspaß dabei hatten. Selbst die Enten schnatterten begeistert mit und niemand störte sich an ihren riesigen Flatschern, die sie gerne im Rasengrün hinterließen.

Erst als irgendjemand »Achtung, Polizei!« rief, liefen die Menschen auseinander. Als ob jemand den Stöpsel gezogen hätte, war der Entenweiher plötzlich still und leer, alle – von Albers bis Zimmermann, Aktürk bis Yüksel, Borowski bis Zakrzewski, von Amato bis Rossini, von Awolowo bis Yar'Adua, von Ahmad bis Yousif – saßen wieder auf der Wiese, grillten, spielten Boule, lasen in ihren Büchern. Sarah, Paulek, Ibo und Ana rollerten umher und Oma Eri saß neben Opa Dieter auf der Bank, Tom und seine Gang rauchten heimlich hinter der Mauer.

Shark und ich guckten uns an und prusteten los, die Limo hatten wir längst leer gezischt. Wie auf Kommando rannten wir weiter, einfach quer über die Wiese, und da fiel mir auf, dass hier lauter Männer und Frauen mit schwarzen Anzügen und Hüten auf ihren roten Picknickdecken saßen, neben sich schwarze Aktenkoffer, die sich zum Verwechseln ähnlich sahen. Shark musste das Gleiche bemerkt haben, denn sie blitzte mich mit funkelnden Augen an und stupste mich in die Seite.

»Was hast du vor? Das kannst du nicht einfach tun!«, rief ich, doch zur Antwort legte sie nur den Zeigefinger auf den Mund. Dann flitzte sie los, leichtfüßig wie eine

Gazelle trotz ihrer klobigen Stiefel, und fing an, die Aktenkoffer zu vertauschen. Wie eine Spinne, die ihre Fäden zieht, flitzte sie von Mann zu Mann zu Frau zu Mann zu Frau zu Frau zu Frau zu Mann und hin und her und her und hin, mir wurde ganz schwindelig vom Zuschauen. Doch die Männer und Frauen waren so sehr in ihre Gespräche vertieft, sie bemerkten Shark noch nicht einmal.

»Klar kann ich das tun!«, meinte Shark, als sie wieder neben mir stand. »Ist doch lustig. Was meinst du, was die später für Augen machen, wenn der Anwalt-Fuzzi statt seiner Akten lauter tolle Kunstbilder in den Händen hält?« Sie blinzelte mich provozierend an und ich wusste nicht so recht, was ich davon halten sollte.

Dann rannten wir weiter und waren beinahe schon vorbei an einem Spielplatz, als Shark so abrupt stehen blieb, dass ich gegen sie prallte. Vor uns hockten ein paar Kleinkinder im Sandkasten und buddelten lustlos mit ihren Schippen herum, ein Mädchen saß in der Babyschaukel, aber ihr fehlte der Schwung. Ein kleiner Junge mit einem roten Käppi schaufelte mit seinem Bagger ein großes Loch, direkt neben den Füßen seiner Mutter, tiefer und immer tiefer. Ein anderer buk einen Sandkuchen nach dem anderen und bot sie zum Probieren an, doch sein Vater interessierte sich nicht dafür, sondern tippte wie ein Wilder auf seinem Handy herum.

»Ich sehe was, was du nicht siehst!« Shark stupste mich grinsend in die Seite.

Ich kapierte nicht gleich und schaute mich um. Der

Spielplatz war grau und öde, trotz der bunten Spielgeräte und strahlender Sonne am Himmel. Vielleicht lag es an den Kindern, die traurig und alleine im Sandkasten spielten. Die Mütter – und ein Vater! – scrollten gelangweilt durch ihre Smartphones und hielten in der anderen Hand einen Coffee to go.

Shark deutete auf die bunten Tupperdosen, die auf einer Tischtennisplatte aufgereiht waren und vielversprechend gegen die Langeweile anleuchteten. Bevor ich »Die armen Kinder« rufen konnte, rannte sie auch schon los, sammelte die Boxen im Vorübereilen ein und lief und lief und ich ihr hinterher, bis wir keine Puste mehr hatten. Die Mütter – und ein Vater! – hatten nichts bemerkt.

»Hey, was soll das?«, fragte ich schnaufend. »Was sollen die Kleinen jetzt snacken?! Du kannst ihnen doch nicht einfach das Picknick klauen!« Ich schielte in eine der Boxen. Mama hatte früher unser Spielplatzessen auch immer in diesen praktischen Dingern verpackt, inklusive Dinkelbrezelchen, Apfelschnitzen und Rosinen.

»Pah, die haben genug, mach dir keine Sorgen ... Wetten, dass auch sehr leckere Kekse und Kuchen dabei sind?« Shark klickklackte die Dosen durch und nickte zufrieden, während sie den Inhalt begutachtete. Dann verstaute sie alles in ihrem Rucksack. »Komm!«

Abermals rannte sie los und ich ihr hinterher, was blieb mir auch anderes übrig. Hinten an der Parkmauer befand sich die »dunkle Ecke«, wie man als Kind oft mit erhobenem Zeigefinger von seinen Eltern gewarnt wurde. Dort blieb Shark stehen und schnaufte nicht einmal. Mama hatte Oskar und mir eindringlich verboten, uns in der Nähe aufzuhalten, denn hier versammelten sich die Menschen der Stadt, die das Leben vergessen hatte. Bei denen wüsste man laut Mama nie, was sie im Schilde führten. Es sind immerhin die ohne Wohnung und ohne Geld, die mit vielen Problemen und mit Sorgen, gerne auch mal Drogendealer und Schnapsleichen, keiner wusste genau, wer sich alles in dieser dunklen Ecke herumtrieb, aber alle hatten vor ihnen Angst. Weshalb und wovor genau, sagte uns Kindern natürlich keiner, aber die Warnung machte, dass wir uns neugierig und heimlich in der Nähe herumschlichen. Aber außer, dass sich diese Menschen nicht bewegten, seltsam rochen und unendlich viele Plastiktüten und Flaschen um sich versammelt hatten, hatten Oskar und ich nichts Auffälliges bemerkt. Manchmal winkte uns sogar einer von ihnen freundlich zu.

Shark schien ebenfalls keine Angst vor ihnen zu haben. Sie ging einfach zielstrebig in die dunkelste der Ecken und hockte sich neben eine dick vermummte Gestalt.

»Hey«, sagte sie, »bist du die Anführerin hier?«

Als diese etwas Unverständliches murmelte, öffnete Shark ihren Rucksack und wie Schmetterlinge flatterten die bunten Dosen heraus. Eine nach der anderen förderte sie zutage, es waren unendlich viele, und so kam Bewegung in den Menschenhaufen um uns herum, jeder griff nach einer, alsbald hatte jeder von ihnen eine in der

Hand. Orange, grün, gelb, blau, lila leuchteten sie reihum mit dem Lächeln der Menschen um die Wette. Als alle wie in einem Orchester ihre Deckel abwechselnd auf- und wieder zuklacken ließen, klatschte Shark begeistert Beifall.

Mit einem Kloß im Hals beobachtete ich, wie sie sich alle die liebevoll verzierten Muffins schmecken ließen, genussvoll Schokolade lutschten und sogar Dinkelbrezeln knabberten und dabei immer wieder ein Leuchten über ihre Gesichter huschte. Es musste ihnen vorkommen wie ein Festmahl!

»Komm, gehen wir«, meinte Shark nach einer Weile, ihre Stimme klang belegt. Und so liefen wir nebeneinander zurück.

»War aber trotzdem nicht okay«, wagte ich einzuwenden, nachdem wir uns ein paar Minuten lang angeschwiegen hatten.

»Was war nicht okay?« Shark war stehen geblieben und stemmte die Hände in die Hüfte. »Dass bei sonnigem Sonnenschein alle richtig dolle Spaß haben? Dass ein paar graue Männer und Frauen über Inhalte nachdenken? Oder dass Kinder alleine im Sandkasten spielen müssen?«

»Du weißt genau, was ich meine.« Ich war ebenfalls stehen geblieben und hielt ihrem Augengefecht stand. »Du kannst denen doch nicht einfach ihr Essen klauen.«

»Kann ich, haste ja gesehen.« Shark atmete tief durch und ihr Blick war merkwürdig schmal geworden. »Ich sag dir mal was, Linn Grüner, du hast ja keine Ahnung, was ich noch alles kann! Was *du* alles kannst! Aber du denkst ja immer nur daran, alles kompletto richtig zu machen. Bloß keine Fehler! Bloß nicht anecken! Wie langweilig muss das sein! Probiere doch mal aus, wie es ist, alles zu können, dann verstehst du, was ich meine. Trau dich, zeig dich, steh zu dir! Diese Kinder im Sandkasten haben doch alles, was sie brauchen, und andere wiederum haben gar nichts. Meinst du etwa, sie vermissen ihre Apfelschnitze?«

Wumm, das saß. Bei ihren klaren Worten musste ich erst mal schlucken. Trotzdem ...

»Trotzdem, das darfst du nicht einfach tun«, wiederholte ich mit fester Stimme, obwohl ich spürte, dass sie recht hatte. Obwohl ich sie insgeheim dafür bewunderte und es ihr am liebsten nachgemacht hätte. Aber ich traute mich nicht. Noch nicht.

SPRING IN EINE PFÜTZE, KLETTERE AUF EINEN BAUM.
EGAL, WAS DU TUST, LEBE DEINEN TRAUM!

10

Der Pistorius lungerte vor den Briefkästen herum, als wir im Möbiusweg ankamen. Er grüßte nicht zurück, sondern starrte nur unentwegt Shark an, die nach unserem Streit auf dem Rückweg sehr schweigsam und in sich gekehrt neben mir her gelaufen war.

Ich hätte gerne irgendetwas Nettes zu ihr gesagt, aber mir fiel nichts ein. Also schlich ich beklommen in unsere Wohnung. War ja klar, dass ich für eine wie Shark die langweiligste Trutschi ever sein musste. Dabei hatten wir vorhin gemeinsam so viel Spaß gehabt! Und jetzt? Jetzt hatte Shark mit ihrer Bemerkung Knall auf Fall alles kaputt gemacht. Oder ich mit meiner? Stimmte doch, sie hatte heute lauter verbotene Dinge getan, das machte man einfach nicht: im Brunnen tanzen, Aktenkoffer vertauschen, Brotdosen klauen.

»Siehst du, Linn Grüner, genau das ist dein Problem«, hörte ich Shark sagen, »denk doch mal so: Es ist nichts passiert! Wir haben uns kringelig gelacht! Und sogar noch etwas Gutes getan.«

Ich streckte ihr insgeheim die Zunge raus.

So leise wie möglich öffnete ich die Tür, denn ich hatte keine Lust auf Oskar und sein Geplapper, ich musste jetzt unbedingt alleine sein. Schnell huschte ich in mein Zimmer und schmiss mich aufs Bett, wo ich unter meine Decke kroch und hemmungslos losschluchzte. Ich weinte ja sonst nie. Aber jetzt so dolle wie seit Papas Beerdigung nicht mehr, als ich die Erde auf seinen Sarg schaufeln sollte. Wie ich in meiner Betthöhle hockte und an Sharks deutliche Worte dachte, die in mir wie tausend fiese Raupen herumkrochen und gemeine Stachel gesetzt hatten, fühlte ich mich plötzlich furchtbar einsam und alleine. Shark hatte ja so recht! Ich war schrecklich langweilig und hatte keine Freundin, amüsierte mich auf Kosten anderer und machte brav immer alles, was meine Mutter mir sagte. Nur damit die keinen Grund zum Meckern hatte. Kümmerte mich um Oskar und die Wohnung, erledigte Einkäufe und die Hausarbeit, schrieb nur Einsen und war die Vorzeigeschülerin der Schule.

Und ohne dass ich etwas dagegen tun konnte (vielleicht wollte ich es auch gar nicht?), drängelten tausend Tränen aus meinen Augen. Ich sprudelte förmlich über, so sehr musste ich weinen. Die Rotze lief mir aus der Nase und die Tränen durchweichten mein Kissen. Ich schniefte und schluchzte und konnte überhaupt nicht mehr mit dem Weinen aufhören, so gut fühlte es sich an, endlich einmal alles loszuwerden. Von außen sah ich bestimmt aus wie ein einziger wogender, zuckender, wankender Deckenberg. Innendrin aber war alles warm und geborgen und ganz schön dampfig von den vielen Tränen, die in den Daunen versickerten und mich wohlig einlullten. Ich war ein großer weicher Trauerkloß. Das beruhigte mich irgendwann. Wann, weiß ich nicht genau. Viel, viel später, ich hatte jegliches Zeitgefühl verloren und musste eingeschlafen sein, denn ich wurde wach, als ich Mamas Stimme hörte.

»Hier stinkt's wie im Pumakäfig! Das ist ja nicht zum Aushalten!«, rief sie, ihre Stimme drang daunendumpf an mein Ohr. Ich hörte, wie sie das Fenster öffnete, damit frische Luft hereinkam, wie sie sagte.

Statt einer Antwort zog ich die Decke nur noch fester um mich herum. Mir doch egal, dass sie im Türrahmen stehen geblieben war, von mir aus konnte sie dort stehen bleiben, bis sie Schimmel ansetzte oder verrostete. Alles war blöd! Sharks Gemecker. Marie, Özge und Katharina waren blöd! Oskar war blöd! Und Mama sowieso.

»Gleich kommt Frau Müller und du hast immer noch nicht aufgeräumt. Schau dich doch mal um! Wie es hier wieder aussieht!«

Möglichst unauffällig pulte ich mir mit den Händen ein kleines Luftloch, unter dem Deckenberg fühlte ich mich langsam durchgegart wie eine Dampfnudel. Mama stakste jetzt wie ein Storch durch mein Zimmer, über Pullis und Bücher hinweg, ein paar Kekstüten lagen auch herum.

Endlich kroch ich hervor, zog ausgiebig die Rotze hoch und wischte mir mit einem Zipfel die Augen trocken.

»Ja und?«, sagte ich matt und setzte mich auf. Ich hatte keine Lust auf einen Streit mit Mama, der mit Shark reichte mir für die nächsten Jahre.

»Bist du krank, geht es dir nicht gut?« Mama saß plötzlich neben mir auf der Bettkante und befühlte meine Stirn und meine Wangen. »Fieber hast du aber keins.«

Erschöpft ließ ich mich wieder in mein Kissen sinken. »Bauchweh«, murmelte ich, um irgendetwas zu sagen, und es war fast nicht gelogen. Ich fühlte mich wirklich grässlich.

Mama strich mir eine verschwitzte Strähne aus dem Gesicht. Sie lächelte mir aufmunternd zu. »Kommt bei Mädchen in deinem Alter vor ... ich mach dir eine Wärmflasche und koche dir Tee, okay? Dann machst du es dir gemütlich.« Schon war sie aufgestanden und nach draußen verschwunden, wo ich sie in der Küche hantieren hörte.

Bauchweh und Mädchen in meinem Alter ... ich hatte immer noch nicht meine Periode, wenn Mama das meinte, und wenn es nach mir ginge, könnte das auch noch eine Weile so bleiben.

Die Wärmflasche tat trotzdem gut und noch viel mehr, dass Mama sich noch mal zu mir setzte und mir erklärte, warum der Bauch zwackt, wenn die Regelblutung einsetzt. Ich wusste es zwar, aber ich hörte trotzdem immer wieder gerne zu. Ich fand es faszinierend, wie die Natur es eingerichtet hatte, vielleicht war ich für die MINT-Fächer doch nicht verloren. Vier Wochen lang ein Babynest aufzubauen war schon eine grandiose Leistung. Und welche Verschwendung, es dann wieder rauszuschmeißen, wenn es keine befruchtete Eizelle gab, die sich einnisten und teilen wollte. Wobei ich das mit dem Akt des Befruchtens nicht so prickelnd fand, aber das war ein anderes Thema.

Ich musste weggedöst sein, denn ich wurde wach, als Mama abermals in mein Zimmer trat, da war es draußen bereits am Dämmern und Frau Müller sicherlich längst wieder weg, nachdem sie sich bei meiner Mutter über ihre missratene Tochter ausgeweint und sie ihr Tipps aus ihrer pädagogischen Ausbildung gegeben hatte.

»Jetzt ist es aber mal Zeit, aufzustehen! Deine Hausaufgaben hast du ganz bestimmt heute noch nicht gemacht!«, rief sie energisch und wollte mir die Decke wegreißen. Keine Spur mehr von mütterlicher Fürsorge, da war sie wieder, meine Mutter alias Frau Giftgrün, wie sie leibte und lebte und Galle spuckte.

Meine erste Reaktion war, sofort zu tun, was sie mir sagte, doch dann kamen mir plötzlich Sharks Worte in den Sinn und ich blieb einfach liegen, zupfte die Decke zurecht und gähnte demonstrativ. Ab heute ohne mich.

»Ja und?« Ich guckte meine Mutter an, ohne dabei mit der Wimper zu zucken. Fieses Augengefecht. So lange, bis sie den Blick abwendete.

»Kann dir doch egal sein, wie mein Zimmer aussieht!«, wiederholte ich jetzt. Oh Mann, wie Mama mich nervte! Alle nervten.

»Mensch, Linn, das haben wir doch besprochen ...«

»Mensch, Linn!«, äffte ich sie nach. »Das ist immerhin noch mein Zimmer, da kann ich machen, was ich will!« Insgeheim fühlte ich mich stark wie Shark, als ich das sagte. Sie wäre bestimmt stolz auf mich gewesen.

»Linn, bitte!« Mama klang sauer. Noch ein bisschen und sie würde an die Decke gehen. Oder die Tür hinter sich zuknallen (was sonst nicht ihre Art war).

Stattdessen atmete sie tief durch (was sie bestimmt auf einem Lehrerinnen-Seminar, »Wie gehe ich mit schwierigen Jugendlichen um«, gelernt hatte) und wahrscheinlich hätte sie kurz darauf griesgrämig bis milde genickt, hätte nicht in diesem Augenblick Oskar lautstark gerufen, weil sein Gurami einen Rückwärtssalto gemacht hatte.

Das Schlimme ist, dass wir uns nach unserem Streit nicht mehr vertragen haben. Wir sind mit Groll und Wut und Tränen im Bauch eingeschlafen, ohne uns zu entschuldigen, ohne uns in die Arme zu nehmen, ohne zu sagen, dass wieder alles gut ist. Und dann bist du aufgestanden und gegangen, weg von mir, für immer. Streit tut weh, aber Streiten ohne Versöhnen steckt wie ein Stachel in der Erinnerung und lässt sich so schnell nicht wieder entfernen.

»Papa fragt, wann du und deine Mutter endlich mal im Institut vorbeikommen.« Jonas stand mit seinem dreifach belegten Käsebrötchen vor mir und schaute mich fragend an. Wir lungerten in der Pause mal wieder alleine an der Tischtennisplatte herum.

»Oh, ja, übermorgen vielleicht ...?«, antwortete ich ausweichend, wohl wissend, dass ich übermorgen keine Zeit hätte, weil ich Oskar zur Physiotherapeutin begleiten würde. Er hatte regelmäßig solche Termine, um seine Haltung und Muskulatur zu verbessern. Und insgeheim hoffte Oskar, dass er durch die Behandlung noch ein paar Zentimeter wuchs.

»Prima! Kommt deine Mutter auch mit?«, fragte Jonas lauernd.

»Mama? Wieso?«

»Och, dachte. Mein Vater ... äh ...« Jonas druckste herum. »Also mein Vater würde sich, glaube ich, mit ihr gerne mal treffen, weil sie so einen tollen Artikel veröffentlicht hat und sich so engagiert um den wissenschaftlichen Nachwuchs kümmert.«

»Hä?« Ich guckte ihn verständnislos an. Aber ich kam nicht mehr dazu, nachzufragen, wie er das meinte, denn in diesem Moment lief Shark an mir vorbei. Täuschte ich mich oder lächelte sie mir zu? Schnell drehte ich den Kopf weg.

Seit unserer Wimmelparkaktion herrschte Funkstille zwischen Shark und mir. Shark kam und ging in die Schule, wie es ihr passte, wirkte abweisend und in sich gekehrt, niemand versuchte, sie anzusprechen. Ich glaube, die meisten hatten Angst vor ihr, vielleicht auch vor ihren Haifisch-Leggings, die sie abwechselnd mit Tiger- und Leopardenstrümpfen trug. Selbst Marie, Özge und Katharina machten einen großen Bogen um Shark, und um mich zum Glück auch. Keine Rede mehr davon, ihnen die Lösungen für die Mathearbeit zu kopieren oder mich mit Papierkügelchen, Rotze oder Reißzwecken zu drangsalieren, was den Schulweg und die Pausen für mich deutlich angenehmer machte.

Gleichzeitig war ich immer noch ordentlich sauer auf Shark. Was fiel ihr ein! Nur weil es bei ihr morgens Pizza mit Brausepulver zum Frühstück gab, sie quietschbunte Leggings trug und auch ansonsten die verrücktesten Ideen hatte! Wie kam sie dazu, mir so eine Ansage zu machen? Auch wenn sie vielleicht ein winzig-winzig-kleines bisschen recht hatte. Deswegen ging ich ihr nach Möglichkeit aus dem Weg.

Shark hingegen tat mir gegenüber so, als wäre nichts geschehen. Echt, das glaubt man jetzt nicht, aber sie winkte mir fröhlich zu, wenn wir uns morgens im Bus trafen. In der Pause steckte sie mir Brausepulverpäckchen zu oder lächelte mich an, so wie jetzt.

Und eines Tages stand sie vor meiner Tür und hielt mir ein Paar türkisfarbene Gummistiefel entgegen.

»Hier, für dich! Schenke ich dir!«

»Spinnst du, das kannst du doch nicht einfach machen!«, sagte ich und freute mich ein Loch in den Bauch. Ich wäre auch ohne ihre Gummistiefel beim nächsten Regen durch Pfützen gesprungen!

»Spinnst du, natürlich kann ich das machen«, äffte sie mich liebevoll nach und da wusste ich, dass sie mir nicht mehr böse war und ich ihr auch nicht.

»Machen wir es uns bei dir gemütlich?«, fragte ich statt einer Antwort und lief schon mal die Treppe hinunter.

»Logo«, meinte Shark. »Ich habe nur nicht aufgeräumt«, fügte sie entschuldigend hinzu, als wir ihre Wohnung betraten. Ihr war mein überraschter Blick nicht entgangen angesichts der unzähligen Strümpfe, die den Flurboden dekorierten. Wie kleine bunte Pilze hockten sie auf dem grünen Flor, der sich unter meinen Füßen weich wie ein Waldboden anfühlte, als ich jetzt ihr hinterher in die Küche lief, die Klimperaugen auf ihren Leggings zwinkerten mir zu.

Shark hüpfte in die Hängematte, ich hinterher. Mit einer Hand angelte sie einen Smoothie vom Tisch, mit der anderen hielt sie mir eine Schatulle voller Schokotaler hin. Ich langte zu und blickte mich möglichst unauffällig um, während wir schaukelnd herumlümmelten.

Seit meinem letzten Besuch hatte sich die Küche verändert, sie schien größer geworden zu sein, vielleicht lag es auch nur an dem tiefen Ozeanblau der Wände, das ein leichtes Meeresrauschen in meine Ohren brachte, eine Brise wehte an meine Nase. Shark hatte ihren Computer auf den Küchentisch gestellt, auf dem Bildschirm schwammen Fische und aus der Tastatur kringelten sich algenähnliche Pflanzen. Pepper saß auf der Discokugel. Sie flötete in den schönsten Tönen, es klang sehnsuchtsvoll. Gar nicht wie eine mitteleuropäische Durchschnittselster, sondern eher wie ein Paradiesvogel.

»Was für ein Leben«, seufzte Shark zufrieden und stieß ihr Glas an meins. »So könnte es immer sein!«

In diesem Moment klingelte es laut und schrill an der Wohnungstür, ich hatte nie bemerkt, wie unangenehm der Ton in den Ohren war.

Erschrocken sprang Shark aus der Hängematte.

»Erwartest du wen?«, fragte sie mich.

»Vielleicht ist es Oskar ...« Pflichtschuldig öffnete ich, ich hatte ihn komplett vergessen. Aber statt meines kleinwüchsigen Bruders stand eine riesengroße Fremde vor mir.

»Ja bitte, Sie wünschen?«, fragte ich irritiert. ›Mach niemandem die Tür auf, den du nicht kennst‹, mahnte eine Stimme in mir. Zu spät.

»Gestatten, ich bin Agnes Przybilla vom Jugendamt und ich möchte zu Tilda Kornelius. Ihre Nichte Sophie soll bei ihr leben und ich habe den Auftrag ...« Eine sehr große Frau beugte sich leicht zu mir herab und musterte mich ausführlich von oben bis unten. Sie wirkte sehr reinlich und roch wie ein frisch desinfizierter OP-Saal.

»Die ist nicht da«, beeilte ich mich zu sagen. Egal, was Tante Turtur von Shark wollte, pilzbewachsene Flure und Südsee-Küchen mit Feinstrand unter Kokospalmen fanden garantiert nicht ihren Gefallen, adrett und hygienisch einwandfrei, wie sie wirkte.

»Da haben Sie sich leider in der Tür geirrt, wir wohnen ein Stockwerk höher.« Shark war unbemerkt neben mich getreten. Sie hatte ihre strubbeligen Haare ganz glatt gebürstet und trug ganz normale dunkelgrüne Leggings zu einem ordentlichen Jeansrock.

»Hier lebt unsere verrückte Nachbarin, wir sehen hier nur ab und zu während ihres Urlaubs nach dem Rechten, Palmen, äh, Blumen gießen und so«, ergänzte ich schnell und bemerkte, wie Shark neben mir erleichtert aufatmete. Zum Glück hielt Pepper während der ganzen Zeit den Schnabel.

»Na dann ...« Frau Przybilla nickte uns aufmunternd zu. Sie war groß und hager und wankte wie ein Turm, als sie jetzt vor uns die Treppe hinauflief und in Richtung unserer Wohnung spazierte, um sie gründlich zu inspizieren, eine Desinfektionsmittelfahne hinter sich herziehend.

»Tilda ist noch arbeiten, sie kommt leider erst später nach Hause«, flunkerte Shark. »Aber setzen Sie sich doch einen Moment, dann können wir uns in Ruhe unterhalten.«

Ein Blick auf die Uhr verriet mir, dass Mama noch mit Oskar bei der Schwimmtherapie war, vor zwanzig Uhr würden sie nicht zurück sein. Wir hatten also Zeit, unser Spielchen mit der Tante weiterzuspielen.

Wie sich herausstellte, hatte jemand dem Jugendamt gepetzt, dass im Möbiusweg eine Minderjährige ganz alleine ohne ihre Eltern lebte. Deswegen war sie hier! Bestimmt war der olle Krakeeler von Pistorius der Sache nachgegangen, dachte ich bei mir, während Shark uns allen beflissen Filterkaffee in feinen Porzellantässchen servierte und von irgendwo ein paar lecker aussehende Törtchen herbeizauberte. Im Nu war Frau Przybilla hin und weg, gebannt hörte sie zu, welche extravaganten Hobbys – Nähen! Bouldern! Fechten! – Shark ausübte, ließ sich von ihr den Inhalt vom Kühlschrank (Mama hatte glücklicherweise frisch eingekauft) sowie ihre exzellenten Aufsätze (meine!) zeigen und saß dann sehr zufrieden am Tisch – was auch an den weißen Stoffservietten liegen mochte, die dem Kaffeekränzchen einen überaus ordentlichen Charakter verliehen.

»Also, von meiner Seite gibt es nichts zu beanstanden!«, meinte die Jugendamtstante gut gelaunt beim Abschied. »Sag deiner Tante einen schönen Gruß, ich werde deinen Eltern Bescheid sagen, dass alles in bester Ordnung ist.«

»Meinen Eltern?« Shark war plötzlich ganz blass geworden. »Aber klar, gerne«, fügte sie rasch hinzu, bevor Frau Przybilla nachhaken konnte.

Erleichtert schlossen wir hinter ihr die Tür und klatschten ab.

Wenn andere von ihrer allerbesten Freundin erzählen, wie sie tuscheln, chatten, geheime Wünsche tauschen, dann stehe ich dabei und kenne das nicht. Ich hatte nie eine richtige Freundin und niemanden, dem ich alles erzählen konnte. Ich habe noch nie jemanden getroffen, der so ist wie ich, der mich verstehen würde, dem ich vertrauen würde. Ich schreibe mir meinen Kummer von der Seele, seitenlang in mein Tagebuch oder auf kleine Zettel, niemand soll wissen, wie es mir wirklich geht, wie alleine ich mich wirklich fühle.

11

So plätscherten die Tage dahin. Shark kam und ging in die Schule, wie es ihr gerade passte, aber niemand störte sich daran, dass sie inzwischen nicht mehr jeden Tag anwesend war. Als hätte sie einen Freifahrschein, ließen die Lehrer sie einfach tun und lassen, worauf sie Lust hatte. Sie hatten längst aufgehört, mit ihr über die Inhalte ihrer Fächer zu diskutieren oder ihre Fehltage einzutragen.

Morgens hielt ich im Bus immer gespannt Ausschau nach ihr, denn das Leben ohne Shark war öde und leer, wenn sie fehlte. Sobald ich ihre karierte Haarsträhne erblickte, war ich erleichtert und froh und der Tag gerettet. Shark hatte immer unglaublich coole Ideen, mit ihr wurde es in der Schule nie langweilig und wegen ihr kassierte ich die erste Fünf meines Lebens wegen Unaufmerksamkeit während der Chemiestunde. Dabei hatten wir nur die Versuchsanordnung umgestellt und uns halbtot gekichert, weil Doktor Blubbs Erlenmeierkolben an die Decke zischte. Dass die Schule dann auch noch wegen schwefelgelben Gestanks evakuiert werden musste, fanden dann aber alle lustig außer den Lehrern.

Großartig war natürlich auch, wenn durch die Lautsprecher in den Klassenräumen Live-Übertragungen von Fußballspielen oder die neusten Charts ertönten statt einer Durchsage vom Rektor.

Oder wenn der Caterer Döner mit Pommes in die Mensa lieferte statt Leipziger Allerlei.

Oder wenn in der stinkigen Sporthalle plötzlich Trampoline für alle standen und auch noch behüpft werden durften.

Oder wenn auf den Whiteboards Netflix lief und kein Lehrer seine Unterrichtsmaterialien aufrufen konnte.

Oder wenn die Heizung ausfiel und alle nach Hause geschickt werden mussten.

Alle ahnten längst, dass Shark dahintersteckte. Und alle warteten darauf, was als Nächstes passierte. Es war die beste Schulzeit meines Lebens!

Alles hätte also in bester Ordnung sein können, hätten Marie, Özge und Katharina nicht wieder angefangen, mich zu piesacken. Es fing erst mit Kleinigkeiten an – Bein stellen, Bauch rempeln, Haare ziehen – und endete eines Tages mit einem Desaster. Shark war an diesem Morgen nicht in den Bus gestiegen. Weil es schon der dritte Morgen hintereinander war, an dem sie fehlte, machte ich mir doch Sorgen und war in Gedanken ständig bei ihr. Bio, Reli, Englisch, die Fächer zogen einfach an mir vorbei. Deswegen bemerkte ich nicht, wie mich die drei auf dem Pausenhof abfingen, in eine Ecke drängelten und von dort aus Richtung Mädchenklo schubsten, wo sie meine Schultasche durchwühlten.

»Was wollt ihr?«, fragte ich und wollte tough klingen, doch meine Stimme war nur ein leises Fiepen.

»Das hier!«, sagte Marie und hielt triumphierend mein Smartphone hoch.

»Du verrätst uns jetzt deinen Code ...«, funkelte Özge mich streitlustig an.

»... oder dein Handy verschwindet im Klo!«, ergänzte Katharina.

»Gib es mir zurück!« Ich versuchte, Marie mein Smartphone zu entreißen, doch sie war schneller als ich und warf es Özge zu.

»Also, ich höre?« Sie hielt es demonstrativ in die Höhe, ich schnappte danach.

»Willst du wohl brav sein!« Jetzt hatte es Katharina.

»Was habe ich euch denn getan?«, wimmerte ich, ihr Ellenbogen hatte mich beim Herumrangeln unsanft im Bauch getroffen.

»Oh, die Liste ist lang ...«, begann Marie.

»Einträge ins Klassenbuch, schlechte Noten auf Hausaufgaben und mündliches Abfragen ...«

»... fehlende Lösungen für die Mathearbeit«, fügte Katharina hinzu.

»Aber das ist doch nicht meine Schuld! Was kann ich denn dafür?«, hörte ich mich sagen.

»Du hast die Chance, wiedergutzumachen, was deine Mutter uns angetan hat!« Marie lächelte mir aufmunternd zu, dabei ließ sie mein Smartphone provozierend über dem Klo baumeln.

»Du brauchst uns in Zukunft nur die Hausaufgaben zu machen ...« Özge breitete die Arme aus.

»... und die Lösungen von den Arbeiten zu verraten.«

Ich schüttelte stumm den Kopf, unfähig, auch nur irgendetwas gegen die drei ausrichten zu können. Wie gelähmt stand ich da. Shark hatte mit ihrer pfeffrigen Bemerkung recht gehabt, ich war unglaublich dämlich, feige und schwach. Aber gegen die drei hatte ich einfach keine Chance.

»Na dann.« Katharina zuckte mit den Schultern.

»Du lässt uns leider keine andere Wahl.«

»Wie dumm, da hat jemand leider, leider vergessen zu spülen ...«, meinte Özge.

Und mit einem *Plopp!* versenkte sie mein Handy im Klo.

Nachdem die drei kichernd abgehauen waren, fischte ich mit angeekelter Miene mein Handy aus der Pisse, spülte es notdürftig unter dem Wasserhahn ab und wickelte es dann in Papier. Zu Hause würde ich es in den nächsten Stunden zum Trocknen in die Sonne legen, mit viel Glück würde ich es dann wieder starten können. Aber ich wusste schon jetzt, dass ich nie wieder mit meinem Pipi-Handy telefonieren konnte, ohne an Marie, Özge und Katharina zu denken.

Als ich nach Hause kam, lag der olle Pistorius wieder einmal auf der Lauer und wartete darauf, dass ich vergaß, ihn zu grüßen, damit er einen Grund hatte, loszumeckern. Aber heute war mir alles egal. Sollte er doch! Ich wollte weder streiten noch grüßen noch reden und nett sein, sondern einfach nur alleine sein. Und nie wieder in die Schule gehen müssen und Marie, Özge und Katharina begegnen.

Als ich an Sharks Tür vorbeikam, blieben meine Füße wie von selbst stehen, meine Hände klopften an der Tür und wie selbstverständlich öffnete sie sich.

»Hey«, begrüßte mich Shark, als ob nichts gewesen wäre, als ob sie nicht tagelang unsichtbar gewesen wäre. Und als ob sie wüsste, dass ich gerade eben mal wieder den MÖKs zum Opfer gefallen war.

»Siehst aus, als könntest du gute Laune vertragen.« Sie schubste mich in die Hängematte, die mittlerweile auf einer grünen Wiese mit bunten Blumen stand. Ehe ich mich versah, hatte ich einen Regenbogen-Smoothie in der Hand.

Zutaten für zwei Gläser Regenbogen-Smoothie

1/2 Zitrone, 1/2 Mango, 1 Kiwi, 1 Banane, 80 g Ananas, 90 g Himbeeren, 140 g Erdbeeren, 180 g Heidelbeeren, 1 EL griechischer Joghurt

Zur Vorbereitung die Zitrone auspressen, Mango schälen und das Fruchtfleisch vom Kern schneiden, Kiwi, Banane und Ananas schälen, Himbeeren, Erdbeeren und Heidelbeeren waschen und gut abtropfen lassen.

Für die 1. Schicht 80 g Heidelbeeren, 80 g Erdbeeren und 2 TL Zitronensaft in einem Mixer pürieren und zu gleichen Teilen auf beide Gläser aufteilen.

Für die 2. Schicht 100 g Heidelbeeren, 1/2 Banane und 1 TL Zitronensaft pürieren und zu gleichen Teilen auf die erste Schicht geben.

Für die 3. Schicht Kiwi, 1/2 Banane und 1 TL Zitronensaft pürieren und zu gleichen Teilen auf Schicht 2 geben.

Für die 4. Schicht 80 g Ananas pürieren und zu gleichen Teilen auf Schicht 3 geben.

Für die 5. Schicht Mango mit 1 TL Zitronensaft pürieren und zu gleichen Teilen auf Schicht 4 geben.

Für die 6. Schicht 60 g Himbeeren mit 1 EL griechischem Joghurt pürieren und zu gleichen Teilen auf Schicht 5 geben.

Für die 7. Schicht 60 g Erdbeeren, 30 g Himbeeren und 1 TL Zitronensaft pürieren und als letzte Schicht zu gleichen Teilen obendrauf geben.

Mit Erdbeere und Strohhalm servieren.

»Und jetzt erzähl, was ist passiert?« Shark hatte sich neben mich plumpsen lassen und schaute mich mit ihren kullerigen Augen erwartungsvoll an. Unmöglich, ihr in diesem Moment von der Schmach des Pipi-Handys zu erzählen. Was würde sie von mir denken?

Aber Pepper saß auf ihrer Schulter und guckte mir geradewegs in die Augen, es gab kein Entkommen.

Verlegen drehte ich mein Glas in den Händen und erzählte ihr dann einfach irgendwas von Ärger und Stress in der Schule. Was ja noch nicht einmal gelogen war. Ich bekam nicht nur Bauchweh, wenn ich an Marie, Özge und Katharina dachte, sondern auch wegen meines bevorstehenden Solo-Auftritts bei der Weihnachtsaufführung, der unvermeidlich näher rückte. Überall roch es bereits nach Spekulatius und Tannenbäumen, Lichterketten funkelten in den Schaufenstern um die Wette. Aber ich hatte Mama immer noch nichts davon erzählt.

Nachdem mir Shark schweigend zugehört hatte, sprang sie aus der Hängematte und angelte nach einer Tüte Gummi-Einhörner. Eins nach dem anderen zog sie heraus und knabberte es an. Erst am Horn, dann am Schweif, zog sie es genussvoll in die Länge, bis das Weiß sich dehnte und die Regenbogenfarben blasser wurden, während sie wie ein Tiger im Käfig in der Küche auf und ab wanderte, die mir plötzlich mickrig klein vorkam. Mochte auch an den Bergen liegen, die sich um uns herum an den Wänden hoch zusammengeschoben hatten und bedrohlich auf mich herabblickten.

»Und was ist wirklich los?«

»Hä? Wie meinst du das? Nichts ist los! Die ärgern mich, einfach so, weil sie gemein und böse sind.«

»Du hast ein Problem und das macht dich einfach unbeliebt«, meinte Shark nach einer Weile. Sie schaute sehr analytisch drein.

Das lag nicht nur an der Brille auf ihrer Nase und am Dutt, zu dem sich ihre Haare geformt hatten. Mittlerweile hatte sie die Tüte mit den Einhörnern aufgeknabbert, ich hatte kein einziges abbekommen. Trotzdem hatte ich das Gefühl, sie würden mir süß und klebrig im Bauch liegen, als sie das jetzt zu mir sagte.

»Ich mach halt nicht mit bei diesem typischen Mädchenkram, Schminken und so ... ist mir auch ziemlich egal.« Ich zuckte genervt mit den Schultern. Langsam konnte ich es nicht mehr hören. Innere Werte, pah! Sichtbar musste man trotzdem sein.

»Das ist gut so! Du bist ja auch kein Model!« Shark schüttelte den Kopf und nahm die Brille wieder ab. Ihre schwarze Mähne stand danach wieder in alle Richtungen. Ich musste grinsen, weil sie so ulkig aussah, obwohl mir immer noch zum Heulen zumute war. Ich seufzte.

»Alle halten mich für eine Streberin, die sich bei den Lehrern mit ihren guten Noten einschleimt«, meinte ich düster. »Kein Wunder, mit so einer wäre ich auch nicht gerne befreundet.«

»Du bist genial und schlau! Sei stolz darauf, was du alles weißt!« Shark nickte wie zur Bekräftigung dreimal mit dem Kopf, jetzt hatten sich ihre Haare wieder zu zwei ulkigen Zöpfen geformt.

»Ich habe einen zu klein geratenen Bruder, der an mir hängt wie Insekten am Kühlergrill.« Ich seufzte abermals. Wie konnte ich Freundinnen treffen, wenn ich tagaus, tagein auf ihn aufpassen musste?

»Oskar ist ein Schatz! Und er hat viele Talente!« Shark war vor mir stehen geblieben und sah mich nachdenklich an. Dann fragte sie leise: »Was ist eigentlich mit ihm?«

»Das ist eine lange und schmerzvolle Geschichte ... Oskar hatte als Dreijähriger richtig, richtig schlimm Fieber, aber keiner wusste warum.« Ich schluckte bei der Erinnerung an jene schreckliche Zeit. Papa war gerade gestorben, Mama nicht mehr dieselbe und mein Bruder ein Häufchen schmerzvolles Elend gewesen. Er hatte Würmer in der Lunge gehabt, aber sie hatten ihn auf Morbus Stil behandelt. Erst viel später hatte ein Heilpraktiker herausgefunden, was ihm wirklich fehlte. Aber da war es zu spät gewesen.

»Oskars Gelenke sind dauerhaft geschädigt, deswegen ist er so klein geblieben. Alle hoffen, dass er in der Pubertät einen ordentlichen Wachstumsschub hinlegt, der ihm zwanzig Zentimeter bringt. Ein paar OPs hat er schon hinter sich ... und Physio- und Ergotherapie und all den Krempel bekommt er ja regelmäßig.«

»Sonst basteln wir ihm Stelzen!« Shark klatschte begeistert über ihre eigene Idee in die Hände. Ich fragte mich, was daran so lustig war, wenn einer extra angepasste Möbel brauchte oder gar Stelzen, um so groß zu sein wie alle anderen Jungs in seinem Alter. Aber sie hatte recht. Oskar hatte sich bisher nie unterkriegen lassen und immer das Beste aus seiner Behinderung gemacht. Und wenn seine Kumpels um die Wette rannten oder Basketball spielten, machte er eben den Schiedsrichter oder pumpte die Bälle auf.

»Ich hätte auch so gerne einen Bruder wie Oskar …«, meinte Shark grinsend. »Aber nicht deine Mutter.«

»Meine Mutter?« Ich schaute sie verständnislos an und kapierte nicht.

»Frau Griesgram, Sauerbierhexe oder Essigzwetschge – wie hältst du das denn aus, wenn alle so über deine Mutter reden? Das muss ja furchtbar sein! Mal abgesehen davon, dass es zu Hause sicher auch nicht immer leicht mit ihr ist.« Sharks Stimme hatte einen warmen und einfühlsamen Klang bekommen, ganz verständnisvoll.

Kurz blieb mir die Spucke weg. Diesen Gedanken hatte ich mir nie erlaubt. Und jetzt stand dieses schwarzhaarige, unmögliche Mädchen vor mir und knallte mir die Wahrheit an den Kopf.

»Ist es … Noch viel schlimmer ist ihre permanente schlechte Laune!«, antwortete ich leise.

»Du kannst nichts dafür«, meinte Shark leichthin, als ob sie meine Gedanken lesen könnte. »Aber vielleicht können *wir* etwas tun, das deiner Mutter bessere Laune verschafft.«

»Du meinst, wenn Mama gute Laune hat, ist sie wieder beliebter und ich auch. Und sie gibt endlich bessere Noten und Marie, Özge und Katharina lassen mich endlich in Ruhe ...?« Ich sprach diese Worte sehr langsam und gedehnt, weil ich selbst nicht glauben mochte, dass darin die Lösung meines Problems lag. Aber es klang völlig logisch.

»Schlaues Mädchen! Komm, machen wir eine Liste!« Shark hüpfte wieder in die Hängematte und wedelte mit Block und Stift. »Also, ich höre. Was mag deine Mutter? Was macht ihr gute Laune?«

»Frag lieber, was sie nicht mag!« Ich verzog mein Gesicht und fing an, aufzuzählen. »Nicht gemachte Hausaufgaben, unaufgeräumte Wohnung, schlecht erzogene Schüler ... und Singen. Sie hat es mir sogar verboten. Jetzt übe ich immer heimlich, weil die Okarina mich für das Solo eingeplant hat und ich nicht weiß, wie ich aus der Nummer wieder rauskommen soll. Sie hat sich nämlich, warum-auch-immer, in den Kopf gesetzt, mich zu fördern.«

»Hast du nie gefragt, warum deine Mutter etwas gegen Musik hat?« Sharks dunkle Augen schimmerten vor Mitgefühl.

Ich schüttelte den Kopf. »Ist ja sowieso zwecklos. Gegen Mama hast du keine Chance. Es sei denn, alle schreiben plötzlich Einser, wollen Physik und Mathe studieren und eines Tages Computer programmieren.« Ich zuckte resigniert mit den Schultern. »Wäre sie nur wieder verliebt, wie einst in Papa! Damals war sie fröhlich und immer zu Späßchen aufgelegt. Dann wäre alles wieder gut. Hat man ja bei Tilda und ihrem Musiker gesehen ...«

»Bingo!«

»Bingo?«

»Bingo ist das neue Yay!« Shark grinste breit und ich dachte, manchmal hat sie echt einen Schuss. »Aber ich habe die Idee, wie wir deine Mutter wieder zum Lachen bringen! Sie muss sich endlich wieder verlieben und einen Mann küssen!«

»Mama und küssen? Bäh!«, sagte ich. »Die doch nicht! Mama ist so spaßfrei wie Broccoli, die interessiert sich nicht für so was. Sie hat Papa geliebt, sie küsst garantiert niemand anderen.«

»Verstehe.« Shark nickte und schaute mich ernst an. »Aber das ist doch schon so lange her ... wer sagt denn, dass sie sich nicht noch mal verlieben darf? Verliebte schweben auf Wolke sieben, tragen eine rosarote Brille und haben immer gute Laune! Denk doch nur an die Liebesfilme! Das ist deine einzige Chance, Linn!«

Sharks Blick war glasig geworden, als lebte sie in einer anderen Galaxie. Was war denn mit der auf einmal los? Gehörte sie am Ende auch zu Pia, Vanessa & Co., die verträumt von süßen Jungs schwärmten und an nichts anderes mehr denken konnten?

»Welche Liebesfilme?«, fragte ich und musste an Rosamunde Pilcher denken und wie Mama schmachtend und mit einem Taschentuch im Anschlag in diesen für sie seltenen Momenten vor dem Fernseher saß. Nur ganz langsam kapierte ich.

»Cyrano de Bergerac, Vom Winde verweht, Titanic, Mamma Mia, Notting Hill, Romeo und Julia, Juno, Eine wie keine ...«, zählte Shark auf und rückte näher an mich heran. Ihre Gesichtszüge wirkten plötzlich ganz weich und verletzlich. Am liebsten hätte ich ihr über ihre strubbeligen Haare gestreichelt und sie in den Arm genommen. »Liebe heilt alles!«, flüsterte sie. »Und wenn dich keiner liebt, musst du dir eben jemanden ausdenken, der dich lieb hat.«

Es war einmal ein junges Mädchen, das liebte Lesen über alles. Den ganzen Tag verbrachte es mit ihren Büchern, tauchte ab in die Geschichten und verlor sich in einer anderen Welt. So sehr, dass es manchmal darüber das Essen und Trinken vergaß und manchmal auch das Schlafen.

Es war einmal ein junger Mann, der liebte Musik über alles. Den ganzen Tag verbrachte er mit seinem Klavier, tauchte ab in seine Noten und verlor sich in einer anderen Welt. So sehr, dass er manchmal darüber das Essen und Trinken vergaß und manchmal auch das Schlafen.

Eines Tages trafen sich die beiden und verliebten sich, vergaßen ihre Bücher und ihre Musik, aßen, tranken und lebten zusammen und waren fortan unzertrennlich. Jeder war ein Teil des anderen. Irgendwann schrieb sie Gedichte für seine Lieder und er Lieder für ihre Gedichte, sie tauchte ein in seine Worte und er in ihre Melodie. Beide waren glücklich, so glücklich, dass sie die Welt um sich herum vergaßen und gemeinsam auf Wortmelodienwolken davonschwebten.

12

Ich lief am späten Abend nach Hause, wie immer hatte ich Nachhaltigkeits-AG und danach noch Turnen gehabt. Weil ich Angst hatte, den MÖKs zu begegnen, machte ich einen großen Umweg, wechselte dreimal Bus und Straßenbahn und fuhr über die Wendeschleife nach Hause. Deswegen war es schon fast dunkel, als ich von der Haltestelle in den Möbiusweg einbog.

Düstere Schatten umfingen mich, ich hörte Schritte hinter mir und unwillkürlich lief ich ein bisschen schneller. Wenn ich mich beeilte, würde ich vor Mama und Oskar zu Hause sein. Dann bräuchte ich mir keine Sorgen mehr zu machen, dann wäre ich in Sicherheit und alles wäre gut. Aber je mehr ich mich beeilte, desto schwerer wurden meine Beine. Beinahe meinte ich, nicht mehr vom Fleck zu kommen, es war, als würde sie jemand festhalten, als hätte mir jemand unzählige Gewichte angehängt. Und je mehr ich dagegen ankämpfte, umso schwerer wurden sie. Als wären meine Beine in Beton gegossen worden.

Ich hatte gar keine andere Wahl, als stehen zu bleiben und mich meinem Schicksal zu ergeben. Wer immer mich da verfolgte, er führte garantiert nichts Gutes im Schilde, das spürte ich an dem eisigen Atem, der bereits meinen Nacken streifte, sodass sich die feinen Härchen aufstellten. Zitternd am ganzen Leib und mit gesenktem Kopf, wartete ich darauf, was als Nächstes passierte. Die ganze Zeit über hatte ich das Gefühl gehabt, dass etwas Schweres, Unaussprechliches an mir hängen würde, von dem ich mich einfach nicht befreien konnte. Egal, was ich anstellte, es klebte an mir, ließ sich nicht abstreifen, verjagen, entfernen, wegmachen, ablösen. Ich hatte keine Chance, so viel war klar, ich war ausgeliefert. Jemand zog die Strippen und ich war seine Marionette. Und gerade fühlte es sich an, als hätte mich der Marionettenspieler im Stich gelassen und die Fäden gekappt. Ich war ganz alleine auf mich gestellt in der Dunkelheit, hier in den abgelegenen Gassen der Stadt. Kein Mensch würde bemerken, dass ich eine Gefangene war. Eine Blitzsekunde lang spürte ich eine nie gekannte Leere in mir. Ich war wie ein weißes Blatt, wie eine Festplatte ohne Platinen.

Doch dann kroch Panik in mir hoch und verzweifelt machte ich einen letzten Versuch weiterzugehen. Doch zu spät. Schon näherte sich mir eine eiskalte Hand, berührte meinen Arm und …

»Aufstehen, Linn! Du hast verschlafen!« Mama rüttelte mich unsanft wach. Sie saß an meinem Bett und versuchte, mich mit allen Mitteln wach zu kriegen.

Verschlafen rieb ich mir die Augen. Ich brauchte einen Moment, um zu verstehen, was passiert war. Ich war überhaupt nicht in Gefahr. Ich lag in meinem Bett und hatte geträumt. Und verschlafen.

»Du verpasst den Bus!«, machte sie auch schon weiter in ihrem typischen Mama-Moser-Meckerton. »Aber vorher hilfst du bitte Oskar noch bei seinen Streckübungen. Ich muss los, Hospitanz bei Hendrik … wegen dir komme ich jetzt zu spät! Vergiss später nicht die Wäsche. Ach ja, und deinen Deutschaufsatz von gestern gehen wir dann auch noch mal durch, die Physikaufgaben waren alle richtig. Ausnahmsweise.« Sie versuchte ein schiefes Grinsen, kniff mir in die Wange (was wohl aufmunternd gemeint war) und stand auf.

Ich zog mir das Kissen über die Ohren, Mamas Gemecker war wirklich nicht zum Aushalten. Die und küssen? Nie im Leben! Davon träumte sie wohl nur, wenn sie Pilcher guckte.

Was sie nur immer von mir wollte, sollte Oskar doch alleine seine Finger dehnen. Und was konnte ich denn dafür, wenn ihr dämlicher Hendrik zu blöd war, um Lehrer zu werden. Aber ich traute mich dann doch nicht, liegen zu bleiben, sondern lief gleich rüber zu Oskar, nachdem sie die Wohnungstür hinter sich zugezogen hatte.

Natürlich verpassten wir den Bus zur Schule, zu allem Übel hatte Oskar seinen Sportbeutel vergessen. Ich behaupte, dass das pure Absicht war, denn er hasste Schulsport, und wir mussten noch mal zurück.

Als wir mit einer phänomenalen Verspätung die Treppenstufen zum Gebäude hochrasten, rempelten wir eine blonde Frau an, die erschrocken den übervollen Wäschekorb fallen ließ, den sie in den Armen gehalten hatte. Chips, Flips, Dips und Tacos purzelten die Treppe hinunter, gefolgt von Schokoriegeln, Knusperkeksen, Vitaminbonbons, Gummibären, sauren Gurken, Lakritz, Lollis, Colafläschchen, Brausewürfeln, Leckmuscheln, Marshmallows und Schaumküssen obenauf. Einzig ein Kastenkuchenbehälter blieb unversehrt.

»Wow, das reinste Supermarkt-Süßigkeitenregal! Phänomenal«, kicherte Oskar und war sofort dabei, Chips, Flips, Dips und Co. wieder einzusammeln. Manchmal war mein kleiner Bruder echt zum Knutschen.

»Das glaube ich jetzt nicht!« Die blonde Frau sah mich entsetzt an, sie sah aus wie Katharina mit Falten. »Ich habe mir solche Mühe gegeben ... meine Tochter hat heute nämlich Geburtstag, sie will in ihrer Klasse feiern.«

Wie schön, dass du geboren bist, wir hätten dich sonst sehr vermisst! Wie schön, dass wir zusammen sind, wir gratulieren dir, Geburtstagskind.

»Keine Sorge, das kriegen wir schon wieder hin«, versuchte ich sie zu beruhigen. »Da wird sich Katharina aber freuen!«

»Nicht wahr?« Sie wirkte schon viel weniger aufgeregt und half Oskar immer noch beim Einsammeln.

»Und so leckerer Kuchen!« Beim Anblick lief mir das Wasser im Mund zusammen, vor lauter Albtraum und Oskar-Therapie hatten wir das Frühstück nicht mehr geschafft.

»Wissen Sie was? Zur Wiedergutmachung kümmern wir uns darum, dass Katharina richtig feiern kann! Ich weiß, wo ihr Klassensaal ist …« Schon hatte ich mich nach dem Wäschekorb gebückt.

»Ach, das wäre wunderbar! Ich habe nämlich noch einen Termin bei der Kosmetikerin und komme sowieso schon viel zu spät.« Sie strahlte mich dankbar an.

Liegt wohl am Tag, dachte ich bei mir, während ich den Korb in den Eingang hievte. Oskar, die treulose Krabbe, war längst in seinem Trakt verschwunden und so stand ich mutterseelenallein neben der Bronzebüste im Eingang. Natürlich würde ich nicht in Katharinas Klasse gehen und die Süßigkeiten abliefern. Erstens war ich nicht lebensmüde und zweitens der Korb viel zu schwer, um ihn alleine in den dritten Stock hochzutragen.

Suchend blickte ich mich um und entdeckte hinten an der Hausmeisterloge eine Karre. Bingo!, dachte ich (weil Bingo das neue Yay war), hievte den Korb darauf und zog unbemerkt durch den Flur davon, hinter den Klassentüren murmelte es, ich konnte das konzentrierte Lernen förmlich riechen. Erst mal weg, bevor mich irgendjemand bemerkte und womöglich noch meiner Mutter verpetzte, dass ich gerade dabei war, den Unterricht zu schwänzen.

Kaum hatte ich das Schulgebäude verlassen, beschleunigte ich meine Schritte. Schnell lief ich in die Seitenstraße, damit mich auch ja niemand vom Fenster aus bemerken konnte. Ich lief ziellos durch den Wimmelpark, der heute Morgen einsam und verlassen wirkte, nur ein paar mit Kacktüten bewaffnete Hundemenschen waren unterwegs und natürlich die unverbesserlichen Jogger mit der Musik in den Ohren.

Auf dem Spielplatz setzte ich mich für einen Moment auf die Schaukel, um in Ruhe nachzudenken. Über meinen seltsamen Traum. Über meine Karre voller Süßigkeiten. Und über das, was Shark gestern über meine Mutter gesagt hatte. Lag wirklich alles nur an Mamas schlechter Laune? Und würde automatisch alles besser, wenn sie wieder fröhlicher wäre? Oder womöglich ... verliebt?! Ich mochte das nicht glauben! Eher würden sich Oskars Guppys in Prinzen verwandeln, wenn ich sie küsste!

Ich schüttelte heftig den Kopf. Coralie Grüner mit einem Lächeln im Gesicht! Wie lange war das wohl her? Vielleicht, wenn ich bei einem Referat besonders gut abgeschnitten hatte ... oder wenn Oskar einen Zentimeter gewachsen war.

Wäre ich nur so wie Shark! Dann würde ich jetzt einfach aufspringen und irgendetwas Witziges unternehmen. Und mich von nichts und niemandem unterkriegen lassen.

So saß ich am helllichten Vormittag auf dem Spielplatz, eine übervolle Karre mit Süßigkeiten neben mir, und wusste nicht, was ich damit tun sollte. Gleich würden die ersten Mütter und Väter mit ihren Kleinkindern kommen und dann würde ich fragende Blicke aushalten müssen, weshalb ich um diese Uhrzeit nicht in der Schule war.

Seufzend stand ich auf und lief weiter, vorbei an einer armselig wirkenden Frau auf einer Parkbank, die mich mit müden Augen anschaute. Wo immer sie herkam, sie war unter Garantie keine Deutsche, sondern schien in unserem Land Zuflucht, aber keine Heimat gefunden zu haben. Und plötzlich hatte ich eine Idee! Ich drückte ihr zu ihrer Überraschung drei Tüten Chips und die Kuchendose in die Hand, dann rannte ich los, so schnell das mit der Karre im Schlepptau möglich war. Unterwegs musste ich aufpassen, dass mir die Tüten und Verpackungen nicht herauspurzelten, und auch die Sache mit dem Bordstein erwies sich als nicht so einfach. Alles in allem war es echt eine kippelige Angelegenheit. Aber dann hatte ich es geschafft!

Einige Hundert Meter vor dem Flüchtlingsheim blieb ich stehen und inspizierte die Lage. Am Eingang waren Wachposten in Leuchtwesten positioniert, das gesamte Gelände war hoch mit Stacheldraht umzäunt. Möglichst unauffällig und in gebührendem Abstand lief ich einmal drum rum. Ziemlich weit hinten stand eine gelbe Baracke und unzählige Kinder aller Größen und Hautfarben spielten davor, während ihre Betreuer um die Ecke standen und rauchten. Schnell lief ich näher und winkte die Kinder zu mir heran. Erst trauten sie sich nicht, aber ein älteres Mädchen, das auf den ersten Blick Shark zum Verwechseln ähnlich sah, kapierte sofort und kam an den Zaun.

Als die anderen meinen voll beladenen Hänger bemerkten, brachen sie in Jubel aus, doch mit einem *Pssst!* brachte ich sie sofort zum Schweigen. Erwartungsvoll blickte mich die Meute an. Jetzt oder nie, sagte ich mir, trat einen Schritt zurück und dann feuerte ich los, was die Karre hergab. Ich schmiss mit voller Kraft Chips, Flips, Dips und Tacos über den Zaun, gefolgt von Schokoriegeln, Knusperkeksen, Vitaminbonbons, Gummibären, sauren Gurken, Lakritz, Lollis, Colafläschchen, Brausewürfeln, Leckmuscheln, Marshmallows und Schaumküssen, ein wahrer Süßigkeitenbombenhagel donnerte auf der anderen Seite nieder und färbte die Erde bunt und glitzrig. Die Kinder sammelten sich eifrig die Taschen voll, immer darauf bedacht, keinen Lärm zu machen, damit ihre Betreuer nichts mitbekamen. Aber die waren hinter ihrem Zigarettenqualm verschwunden.

Erst als ein Junge laut knisternd eine Verpackung aufriss und ein anderer krachend in seinen Keks biss, wurde einer der Betreuer aufmerksam und rief den Jungs irgendetwas zu, was in meinen Ohren nicht gerade freundlich klang. Da rappelten sich die anderen Kinder auf, schenkten mir ein schüchternes Lächeln und machten, dass sie davonkamen. Binnen kürzester Zeit war der kleine Platz still und wie leer gefegt, nur ein Junge drehte sich noch mal um und winkte mir zu.

Hoffentlich bekamen sie kein Bauchweh von all den Süßigkeiten ...

Schokokirschen

Frische Süßkirschen mit Stiel jeweils vorsichtig in geschmolzene Schokolade (dunkle oder helle, je nach Geschmack) tauchen und auf einem Kuchengitter abkühlen lassen. Am besten im Kühlschrank aufbewahren, dann schmecken sie besonders knackig.

13

Natürlich war meine Aktion nicht unbemerkt geblieben und schnell sprach es sich in der Stadt herum, dass irgendjemand den Flüchtlingskindern Dutzende von Süßigkeiten »gespendet« hatte.

Nicht, weil der Wachmann irgendwann doch auf mich aufmerksam geworden wäre.

Nicht, weil der Hausmeister seine Karre vermisste und Stress machte, weil man ihn bestohlen hätte.

Und auch nicht, weil die Kinder tagelang Chips, Flips, Dips, Tacos, Schokoriegel, Knusperkekse, Vitaminbonbons, Gummibären, saure Gurken, Lakritz, Lollis, Colafläschchen, Brausewürfel, Leckmuscheln, Marshmallows und Schaumküsse schmausten und niemand wagte, sie ihnen wegzunehmen.

Nein, es war natürlich Katharina, die eine monstermäßige Szene hinlegte, weil sie ihren Geburtstag nicht gebührend hatte feiern können, und weil sie so ein Theater machte, zählten alle eins und eins zusammen, freuten sich insgeheim über die gelungene Aktion – und gönnten den Flüchtlingskindern von Herzen den großen Süßigkeitenspaß. Und weil selbst jemand wie Katharina kapierte, dass sie in diesem Fall keinen Schadenersatz anmelden konnte und dann als ausländerfeindlich und Schlimmeres gegolten hätte, hielt sie ausnahmsweise ihren Mund. Ich konnte nur hoffen, dass sie nicht bei nächstbester Gelegenheit auf Rache sann und es mir heimzahlen würde. Denn sie war die Einzige, die wirklich wusste, dass ich ihre Süßigkeiten »verschenkt« hatte ... Alle dachten, es wäre Shark gewesen, und kicherten hinter vorgehaltener Hand. War ja klar. Wenn die wüssten, dass es ganz alleine meine Idee gewesen war! Natürlich traute mir das niemand zu. Viel zu lernen du noch hast, hätte Meister Yoda gesagt ...

Weißt du noch, wie wir immer meinen Geburtstag gefeiert haben? Mitten im Sommer, mit einem riesengroßen Fest im Garten. Bunte Lampions und Girlanden hingen in den Bäumen und Fähnchen flatterten im Wind. Du hattest Glitzerfische gebacken und überall Schokomuscheln dekoriert, ein Aquarium mit blauem Wackelpudding bestückt und darin Haifischchen versteckt. Wir haben mit der Wasserpistole auf Klopapier gezielt und Gummibären abgeschossen, Apfeltauchen gespielt und sind um die Wette in Gummistiefeln voller Wasser gerannt. Abends gab es Würstchen und Stockbrot an der Feuerschale und unzählige Schwimmkerzen im Planschbecken. Und meine Freundinnen sind wie Wassernixen um mich herumgetanzt.

Wir lümmelten am Nachmittag bei Shark auf der Wiese im Wohnzimmer herum. Draußen wehte der Herbststurm, während wir Musik aus den Melonenlautsprechern hörten. Pepper hockte auf ihrer Discokugel und chattete, äh: unterhielt sich glänzend mit den glitzernden Spiegelchen, man verstand sein eigenes Wort kaum.

»Das war echt eine verrückt-geniale-Aktion von dir, wild und wunderbar!«, meinte Shark und ich wurde ein ganz kleines bisschen rot vor Stolz. »Und mach dir keine Sorgen. Katharina wird dir so schnell nichts tun. Nie im Leben kann sie zugeben, dass die Süßigkeitenkiste für sie bestimmt war! Welche Zwölfjährige feiert denn noch Kindergeburtstag in der Schule!« Sie kicherte ihr typisches Sharkkichern, was sich so ein bisschen nach Peppers *Tschick-Tschack* anhörte. Oder kicherte Pepper wie Shark?

»Hoffentlich!« Ich nickte erleichtert und knabberte nachdenklich an meinem Bleistift. Shark hatte mich gerade dazu verdonnert, eine Liste mit potentiellen Liebeskandidaten für meine Mutter zu erstellen. Mir fiel niemand ein.

»Meinst du wirklich, das ist eine gute Idee?« Der Gedanke, dass meine Mutter verliebt wie ein Girlie händchenhaltend mit irgendwem herumspazierte, war mir hochnotpeinlich. Mal abgesehen davon, dass ja Papa eigentlich ihr Mann war. Eigentlich.

»Mensch, Linn, du schaust zu wenig Kitschfilme!«, meinte Shark und ich antwortete fix: »Nein, das überlasse ich meiner Mutter und dir.«

Shark zupfte sich ihre Herzchenleggings zurecht. »Gut so! Ein Kuss vom Traumprinz bewirkt Wunder, die Frauen strahlen verzückt, haben keine Falten mehr und alles wird gut ...« Sie verdrehte schwärmerisch die Augen und ich tockte mir an die Stirn.

»Und an den Weihnachtsmann glaubst du noch, was? Romantik, Kerzenschein und Happy End – das funktioniert im echten Leben doch nicht!«

»Liebe heilt alle Wunden, noch nie gehört? Kommt auf einen Versuch an, oder?« Shark warf mir einen Kussmund zu und deutete auf ihr Regal voller DVDs in rosaroten Puschelhüllen, mit Glitzer und Herzchen und ganz viel Gefühl, allein der Anblick machte schmusig wie ein Marshmallow. Offensichtlich hatte ich wohl vor lauter MINT-AG und Hausaufgaben bisher etwas verpasst ...

Shark hatte ihr Handy gezückt und scrollte konzentriert durch die Liste, die die Oberstufenschüler online gestellt hatten. Ich fragte mich, woher sie das Passwort kannte.

»Ihr habt ja verrückte Rankings an eurer Schule«, staunte sie und zwirbelte ihre karierte Strähne. »Coolste Klamotten, bester Musikgeschmack, fairste Noten, höchster IQ ... oh, und deine Mutter ist hier überall die Erste: Superstreng, superschlecht gelaunt, superungerecht, superhässlich ... oh, äh, das tut mir leid, wusste gar nicht, dass sie *so* superfurchtbar superunbeliebt ist.« Shark guckte mich mit kullerigen Augen an. »Du armes Lehrerinnenkind!«, schob sie ehrlich betroffen hinterher.

Ich nickte beklommen. Schon lange schaute ich nicht mehr in diese Listen, denn sie machten mir nur schlechte Laune. Und bis auf Marie, Özge und Katharina war es den anderen auch längst egal, dass meine Mutter so eine Giftspritze war ...

»Hier ist die Hot-or-not-Liste der Lehrer ... also, welcher von denen kommt infrage: Was ist mit Hendrik Petersen?«

»Geht gar nicht!« Ich schüttelte den Kopf, aus offensichtlichen Gründen.

»Aber der steht an erster Stelle als süßeste Zuckerschnitte mit einem geilen Hintern und fünf Sternchen für den Waschbrettbauch ... Okay, bei deiner Mutter müssen es andere Qualitäten sein, verstehe.« Shark grinste breit. »Also gut, dann Herr Blubb, alias Schmitt, der Chemielehrer, der passt wohl besser.«

»Oh, kommt nicht infrage, mit dem liegt sie im Dauer-Streit! Vor Jahren ist eine Flasche mit Salpetersäure explodiert, bei der zwei Schüler verletzt wurden. Sie geben sich gegenseitig die Schuld daran, wer für die Sicherheitsvorkehrungen in dem gemeinschaftlich genutzten Labor verantwortlich war. Er sagt, sie als Physiklehrerin hätte keine Ahnung von Chemikalien, und sie sagt, er als Chemielehrer müsste seine Gerätschaften besser kontrollieren.«

»Verstehe.« Shark scrollte weiter. »Der Imperator?!«

Ich prustete los. »Riemchensandalen, Hornhaut, gerollte Fußnägel, Schlaghose ... bitte nicht! Unseren Lateinlehrer können wir selbst Mama nicht antun!«

»Dr. Marius Pollek, Deutsch und Geschichte?«

»Mundgeruch, raucht und diskutiert viel zu viel!«

»Egbert Nüsslein-Büchsenschütz, Englisch und Politikwissenschaft?«

»Quadratisch, praktisch und viel zu klein! Hast du doch selbst kennengelernt.«

»Thomas Martenstein, Mathe und Erdkunde«, machte Shark weiter.

»Glücklich verheiratet und gerade zum dritten Mal Papa geworden.«

»Hannes Glöckner, Biologie und Chemie, aber der, oder?!« Sie sah mich erwartungsvoll an.

»Mmh, glaube, der interessiert sich für Männer ... die beiden waren mal gemeinsam auf einer Klassenfahrt als Begleitlehrer. Sie haben sich nicht so gut verstanden.« Ich zuckte resigniert mit den Schultern. Wo war der Prinz, der meine Mutter retten würde? Langsam zweifelte ich an Sharks Theorie, ich glaubte nicht an ihre Märchen.

Ich wollte ihr gerade vorschlagen, dass wir uns besser

etwas anderes, Realistischeres einfallen lassen sollten, um meiner Mutter gute Laune zu bereiten. Beispielsweise dafür sorgen, dass ihre Schüler nur Einsen schrieben und immer pünktlich kamen, denn darauf legte sie allergrößten Wert. Aber in diesem Moment klingelte es laut und schrill an der Tür.

Pepper flatterte auf, kleckste erschrocken auf die Wiese und rettete sich auf meine Schulter. Shark rutschte das Smarthphone aus der Hand. Leise schlich sie auf Herzchensocken zur Tür und lunste durch den Spion.

»Oh Mist, die schon wieder!«, wisperte sie und trat einen Schritt zurück, damit ich ebenfalls nachschauen konnte.

»Was machen wir denn jetzt?« Erschrocken guckte ich sie an.

»Gar nichts!« Shark hatte den Zeigefinger auf die Lippen gelegt, sicherheitshalber hielt ich Pepper den Schnabel zu.

»Und?«, flüsterte ich, als Shark abermals durch den Spion guckte.

»Sie tippt was auf ihrem Handy ... und jetzt telefoniert sie. Oh, da kommt der Pistorius, jetzt wird's spannend.« Shark pfiff leise durch die Zähne.

»Was sagt er?« Ich gab Pepper wieder den Schnabel frei.

»Ich verstehe nur Elster und Musik«, antwortete Shark, die ihre Ohren an der Tür platt drückte.

»Das sagt er immer!« Mehr oder weniger beruhigt ließ ich mich rücklings an der Wand auf den Boden hinuntergleiten, während Shark das Vorgehen auf dem Flur leise kommentierte.

»Jetzt zeigt er ihr eine Liste … und sie ihm etwas auf dem Handy. Und sie deutet nach oben, wahrscheinlich erzählt sie, dass sie neulich oben in der Wohnung war. Mist, verdammt, dann fliegt alles auf. Was machen wir denn jetzt?« Verzweifelt raufte sie sich die Haare, Pepper flatterte begeistert hinein und knusperte an der karierten Strähne.

Da hörten wir plötzlich Oskar, der mit jämmerlicher Stimme irgendetwas ins Treppenhaus rief.

»Oskar braucht Hilfe!« Sofort war ich auf den Beinen, mein Große-Schwester-Alarmsystem war aktiviert.

»Ich glaube nicht.« Shark hielt mich am Arm fest, bevor ich die Tür aufreißen konnte. »Ich glaube …«

Wir hörten abermals laute Stimmen und Schritte und Oskar lamentieren, weil er seinen Fußball vermisste. »… dein Bruder ist der geborene Schauspieler!« Sie kicherte.

Fünf Minuten später war wieder Ruhe ins Treppenhaus eingekehrt. Die Frau vom Jugendamt war verschwunden, der Pistorius hatte wieder seine Lauerstellung unten im Eingang bezogen und Oskar war mit einem Augenzwinkern an Sharks Haustür vorbeigeschlichen, wir konnten es durch den Spion genau beobachten.

»Puh, das war knapp! Komm, das müssen wir feiern!« Erleichtert packte mich Shark an der Taille und tanzte mit mir im Flur herum, bis uns schwindlig wurde und wir kichernd umkippten. Zum Glück gab es die Wiese im

Wohnzimmer und so landeten wir weich zwischen Ringelblumen und Kapuzinerkresse.

»Also, wo waren wir stehen geblieben, als wir stehen geblieben waren?« Shark ging wieder online und nahm sich abermals die Liste vor, und ich schüttelte wieder jedes Mal den Kopf. Petersen, Hofmann, Pollek, Nüsslein-Büchsenschütz, Martenstein – der richtige Mann für Mama musste wohl erst noch gebacken werden.

»Das bringt nichts, vergiss es«, sagte ich resigniert, »für heute brauche ich eine Pause. Außerdem habe ich Jonas versprochen, dass ich noch gemeinsam mit Mama im Max-Planck-Institut vorbeischaue, weil sein Vater ... Hey, das ist es! Der ist es! Von wegen langweilig!« Ich schlug mir mit der flachen Hand so heftig gegen die Stirn, dass ich Sternchen sah. Dann sprang ich auf und war, noch bevor Shark irgendetwas sagen und Pepper krächzen konnte, ohne eine weitere Erklärung zur Tür hinaus.

Oben in unserer Wohnung angekommen, thronte Oskar mit wichtigtuerischer Miene auf seinem Höckerchen am Küchentisch und mixte sich einen Eiweißshake. Natürlich erwartete er ein dreifaches Dankeschön mit Fußkuss dafür, dass er Shark ein zweites Mal vor der Przybilla gerettet hatte. Also tat ich ihm den Gefallen, angelte ihm die Nüsse aus dem Schrank und bedankte mich tausendmal für seinen spontanen Einsatz.

»Was hast du vor?«, fragte er neugierig, während ich auf meinem Handy eilig eine Nachricht an Jonas tippte. Ein Blick auf unseren Familienkalender verriet mir, dass

Mama in einer halben Stunde zurück sein würde und die Gelegenheit mehr als günstig erschien, sie zu einem Spontanbesuch im Max-Planck-Institut zu überreden. Wenn sie gleich nach Hause käme, wäre die Wohnung picobello sauber (ich würde noch fix alles durchputzen), meine Aufgaben wären erledigt (ich würde ihr die von gestern zeigen) und Oskar wäre in bester Laune (weil er einen leckeren XXL-Eiweißshake intus hatte). Sie hätte also überhaupt keinen Grund, Nein zu sagen.

Was sie dann aber zu meinem Entsetzen doch tat.

»Tut mir leid, ich muss noch so schrecklich viele Arbeiten korrigieren, die Schüler machen mich wahnsinnig, sie kapieren es einfach nicht«, seufzte Mama und rieb sich die Schläfen. »Ein anderes Mal, ja?«

»Aber der Gravitationswellen-Simulator ist nur noch heute für Besucher freigegeben«, tischte ich ihr schnell eine Notlüge auf. »Und Jonas' Vater hat alle Termine abgesagt, er veranstaltet für uns eine spannende Extraführung.«

»Tut mir leid, ohne mich ...« Mama schüttelte den Kopf. Dann huschte ein Grinsen über ihr Gesicht, plötzlich wirkte ihr Mund gar nicht mehr so, als hätte sie gerade in eine Zitrone gebissen, und ihre Augen guckten verschmitzt.

»Weißt du«, machte sie dann weiter, »dieser Herr Weiß ist ein fürchterlicher Besserwisser vor dem Herrn, der ist noch viel schlimmer als der Imperator! Seine Ergebnisse sind wirklich spektakulär, das muss man ihm lassen ... aber ein Nachmittag mit ihm, gemeinsam bei einer Führung?! Ich würde glatt vor lauter Langeweile sterben! Und gehört er nicht zu diesen populistischen Wutbürgern?!« Sie schüttelte den Kopf.

Unwillkürlich zuckte ich zusammen. Woher wusste Mama, dass wir unseren Lateinlehrer Imperator nannten? Kannte sie womöglich auch ihre eigenen Spitznamen? Oder den von der Okarina? Wie peinlich war das denn! Nachdenklich schaute ich meine Mutter an. Wie sie jetzt so verschmitzt lächelnd vor mir saß und sich ein Glas Mineralwasser einschenkte, wirkte sie überhaupt nicht mehr sauertöpfisch und gestresst, sondern jung und gut gelaunt. Vielleicht hatte ja Shark recht und ein Mann – der richtige! Mann – in ihrem Leben täte ihr gut. Nur: Wer könnte das sein, wo sie doch schon unseren Papa so sehr geliebt hatte?

Ich nahm mir vor, später im Netz nach richtigen Liebesgeschichten, -filmen und -romanen zu suchen, um Beweise für Sharks Kuss-&-Schluss-Theorie zu sammeln. Schließlich war das echte Leben mehr also nur ein Sonntagsfilm. Und auch wenn ich mit meinen zwölf Jahren in den Augen meiner Mitschülerinnen noch als unterentwickelt galt, hatte ich eine Sache längst begriffen: Es gab viele verschiedene Arten von Liebe!

Lieblings-Liebes-Romane

Jane Austen: Stolz und Vorurteil.
Leo Tolstoi: Anna Karenina.
Magaret Mitchell: Vom Winde verweht.
Nicholas Sparks: Wie ein einziger Tag.
Stephenie Meyer: Bis(s) zum Morgengrauen.
Kerstin Gier: Rubinrot.
John Green: Das Schicksal ist ein mieser Verräter.
Romeo und Julia in allen Varianten.

14

Hey, du kannst nicht einfach weg, du hast mir versprochen zu helfen«, rief Oskar mir zu. Ich wollte gerade fix runter zu Shark, um mit ihr noch mal die Hottest-Lehrer-Liste unserer Schule durchzugehen. Vielleicht hatten wir ja jemanden übersehen ... oder wir mussten den Frosch alias Lehrer erst schönküssen. Oder uns etwas komplett anderes einfallen lassen, so einen Pilcher-Mann casten zum Beispiel. Denn eine fröhliche Mama gefiel mir ausgesprochen gut! Dafür würde ich alles geben.

»Ole kommt morgen wieder, da müssen doch noch die Schildkröten sauber gemacht werden ...«

»Ole?«

»Ole von nebenan.« Oskar deutete mit dem Kopf eine Tür weiter, er hatte einen Stapel Briefe in der Hand.

Mir entfuhr ein entnervter Seufzer. Stimmt, in einem Anfall von schwesterlicher Fürsorge hatte ich meinem kleinen Bruder versprochen, ihm beim Säubern des Aquaterrariums behilflich zu sein. Ole Breitmosers Wohnung mit seinen hohen Schränken und Tischen war auf einen Minimax wie ihn nicht ausgerichtet. Und weil Oskar gestern aus Versehen zu viel Futter ins Wasser geraten war, wollte er den Schaden selbst bereinigen, bevor sich Algen bildeten und die Tiere krank würden.

»Also gut. Keine Gravitationswellen, keine Lehrerliste, dafür Schildkröten retten, aye, aye, Sir!« Ich winkte resigniert ab und tippte Jonas fix eine Wir-kommen-doch-nicht-Nachricht ins Handy. Da würde er morgen wieder beleidigt sein und sich erst mal wegdrehen, wenn er mich sah, bevor er sein Kressebrot herauskramen und irgendwann doch wieder mit mir reden würde.

Mama hatte sich an ihren Schreibtisch verzogen, einen Stapel Arbeiten vor sich und den Rotstift im Anschlag. Sie würde eisern die nächsten vier Stunden durchkorrigieren, bis auch die letzten Fehler gefunden waren. Kurz überlegte ich, ob ich heimlich die Blätter von Marie, Özge und Katharina hervorkramen und verbessern sollte, ließ es dann aber bleiben. Erstens würde meine Mutter sofort Wind von der Sache bekommen und zweitens würden es mir die drei sowieso nicht danken. Also konnte ich es auch bleiben lassen.

Mit drei Eimern und vier Tüchern bewaffnet, standen wir dann wenige Minuten später in Ole Breitmosers Wohnung und kümmerten uns um die Mini-Schildkröten.

»Was arbeitet er eigentlich?«, fragte ich, während ich behutsam ein Tierchen nach dem anderen aus dem Becken fischte und es vorsichtig in einen Eimer setzte.

»Er ist Vertreter ... für Verlage, glaube ich. Er verkauft Fachbücher für Medizin und Naturwissenschaften.« Oskar deutete auf die deckenhohen Regale, die vollgestopft mit Büchern waren, überall flogen Zeitschriften und Papierstapel herum. »Deswegen ist er ständig unterwegs. Bis er alle Buchhandlungen und Universitäten abgeklappert hat, dauert es.« Er stand auf seinem Schemel, steckte bis zu den Schultern im Aquarium und wühlte mit den Händen im Kies herum.

»Hey, was machst du da? Du kannst doch nicht einfach die Pflanzen rausreißen.«

»Kann ich. Die müssen nämlich alle abgespült werden ... Komm, hilf mir mal.« Oskar reichte mir die tropfenden Algen und Gräser, die bereits unangenehm fischig rochen. Ich spülte sie gefühlte Stunden unter glasklarem Wasser ab, bis sie wieder aussahen wie frisch gepflanzt. Garantiert hatte Ole sein Becken sehr lange nicht mehr sauber gemacht! Dann behandelten wir den Kies mit einem Spezialmittel, spülten abermals alles gründlich durch und richteten dann das Aquaterrarium wieder neu ein, bevor wir die fünf Schildkröten wieder hineinzählten.

Möglichst unauffällig sah ich mich unterdessen in Oles Wohnung um. Bücher, wohin ich auch blickte, selbst als Hocker und Wandregal hatte er sie stapelweise umfunktioniert. Zu meiner Überraschung standen in einem Regal lauter Kinderbücher, Die unendliche Geschichte, Räuber Hotzenplotz, Alice im Wunderland, Pippi Langstrumpf ... daneben die Häschenschule, Harry Potter, die Oskar-Rico-Bücher und sogar die Tribute von Panem.

»Hat Ole Kinder?«, fragte ich neugierig und blätterte in einer Grüffelo-Ausgabe.

»Nein, er lebt hier alleine, sieht man doch ...« Oskar deutete auf die spartanisch eingerichtete Küche. »Außerdem hat er ein spezielles Hobby. Ich hab's schon versucht, ihm auszureden, aber er besteht darauf ... Du errätst nie, was es ist!«

»Was kann das Schlimmes sein?«, rätselte ich mit gespieltem Entsetzen los. »Bobby-Car-Rennen? Wärmflaschen-Sammeln? Dart? Minigolf? Mittelalter? Ha, nee, warte, er spielt in einer Punk-Band! Auch nicht? Okay, er sammelt Untertassen ... oder Tattoos auf dem Popo? Piercings?«

Oskar kringelte sich vor Lachen, schüttelte aber jedes Mal den Kopf.

»Ganz falsch! Hier, schau mal. Ganz ohne Mehlwürmer!« Er öffnete einen der Wandschränke und deutete auf eine ansehnliche Sammlung Angelruten, Gummistiefel und Fischköder.

»Oje, das muss schlimm für dich sein!« Ich schaute ihn mitfühlend an, wusste ich doch, wie sehr Oskar Fische liebte. Und ausgerechnet sein großer Freund war Hobbyangler!

»Er lässt sie immer wieder frei, hat er gesagt. Er angelt nur aus Spaß und zur Entspannung ...« Oskar wirkte selbst nicht, als wolle er das glauben. »Und auch nicht so oft, er muss ja ganz schrecklich viel lesen, wie Mama«, fügte er hinzu.

»Wie Mama ...« Gedankenverloren kramte ich in dem

Schrank herum und untersuchte die Kiste mit den Blinkern, sie funkelnden mich vielversprechend an. Rote, gelbe, grüne, blaue …

»Hat Mama nicht erst neulich gesagt, er wäre so nett, als er ihr mit den Einkaufstüten bei Rewe geholfen hatte? Und er ist alleinstehend, interessiert sich für Naturwissenschaften, hat blonde Haare und eine gute Figur … wenn das mal nicht ein Wink des Schicksals ist, wie in Sharks Kitschfilmen.« Sicherheitshalber steckte ich mir einen Blinker in die Hosentasche.

»Hä? Ich verstehe nicht?« Oskar sah mich fragend an, bevor er streng hinzufügte: »Leg den Blinker wieder zurück, die Dinger sind sausauteuer.«

Was ganz bestimmt übertrieben war, aber schnell tat ich, wie mir geheißen. Als Oskar nicht mehr hinschaute, steckte ich dafür schnell ein weiß-rotes Fläschchen ein. Erst später bemerkte ich, dass es sich um Shrimps-Spray handelte, aber da war ich längst wieder in meinem Zimmer.

Glück steckt in den kleinsten Dingen. Manchmal brauchst du eine Lupe, um es sehen zu können, manchmal spürst du es auf der Zunge oder im Bauch, manchmal hältst du es im Arm oder trägst es auf dem Kopf oder im Herzen. Und manchmal ist das Glück so groß, dass du es nicht fassen kannst.

»Ole Breitmoser also.« Shark nickte zufrieden, als ich ihr am nächsten Tag begeistert von meiner Idee erzählte. Wir waren vor der Przybilla in den Park geflüchtet und lümmelten auf einer Bank herum. Die Tante vom Jugendamt würde jetzt eine offene Wohnungstür vorfinden, vorbildlich aufgeräumte Zimmer samt Küche und selbst Pepper säße im Käfig und hielte den vorlauten Schnabel. Keine Spur mehr von Hängematte, Sandstrand und Kokosnüssen, der Fußboden wäre fusselfrei, der Staub gewischt und der Kühlschrank voll mit gesunden Lebensmitteln. Sie hätte also keinen einzigen Krümel zu beanstanden und würde so schnell nicht wieder auftauchen und dumme Fragen stellen – hofften wir!

»Ole kommt morgen wieder! Und da müssen wir ihn unbedingt in unsere Wohnung locken, damit Mama ihm einen Kaffee kochen kann und die beiden ins Gespräch kommen ... nur wie?«

»Er soll den tropfenden Wasserhahn reparieren«, schlug Shark vor.

»Macht Mama selbst! «

»'ne schwere Kiste tragen?«

»Schaffen wir zu dritt.«

»Also gut, dann muss Oskar ihm seine Guppys zeigen, das wollte er doch bestimmt schon immer tun, oder?! Und bei der Gelegenheit begegnet er deiner Mutter und verliebt sich in sie.« Shark kicherte bei der Vorstellung.

»Das ist eine gute Idee! Oskar liebt es, seine Fische bewundern zu lassen.« Ich nickte begeistert und vergrub meine Hände in der Jackentasche, denn es war trotz

Sonne unangenehm kühl. Dabei ertasteten meine Finger die kleine Flasche, die ich gestern bei Ole hatte heimlich mitgehen lassen. Gedankenverloren pulte ich das Etikett ab.

»Hey, schau mal, ist das nicht Özge? Wo hat sie denn ihre Blutsschwestern gelassen?!« Shark deutete auf ein dunkelhaariges Mädchen, das quietschgelbe Kopfhörer trug und lautstark sang. Der Wind trug ihre Stimme fort, doch was ich hörte, klang zugegebenermaßen nicht schlecht. Marie und Katharina waren nirgends zu entdecken, offensichtlich übte Özge ganz alleine. Sie schien völlig abgetaucht in ihren Song, während sie tanzte wie in einem Video-Clip und mit den Armen wild herumfuchtelte. Das sah anstrengend aus! Hinterher würde sie ordentlich verschwitzt sein, trotz der kühlen Luft. Plötzlich hatte ich eine Idee.

»Pass auf, dass sie mich nicht bemerkt«, sagte ich zu Shark.

»Was hast du vor?« Shark schaute mich verwundert an und rümpfte entsetzt die Nase, als ich ihr einen Hauch Shrimps-Spray entgegensprühte.

»Verstehe!« Sie kicherte los und ich schlich mich heimlich im Schutz der Bäume an Özge heran. Die sang und tanzte mit geschlossenen Augen und einem verzückten Lächeln im Gesicht, während ich mich ihrem Rucksack näherte, den sie unvorsichtigerweise etwas abseits hinter einen Busch gestellt hatte. Gebannt sah ich ihren Bewegungen zu, die plötzlich überhaupt nichts mehr mit Hip-Hop oder Video-Star zu tun hatten. Sie waren mit einem

Mal weich und grazil geworden, und hätte sie nicht diese gigantischen Kopfhörer getragen, hätte man meinen können, sie sang und tanzte in einem Märchen aus Tausendundeine-Nacht, ihre langen Haare fielen weich über die Schulter. Keine Spur mehr von der knallharten Özge, die sich mir breitbeinig in den Weg stellte und mir mit Spuckeattacken, Kaugummi in den Haaren und Beinstellen das Leben schwer machte. Hier war ein Mädchen, das mit Leib und Seele Sängerin war und eins zu werden schien mit der Musik, die sie hörte. Aber dann schob sich wieder die Erinnerung in meinen Kopf, wie Özge mein Handy in das Pissklo hatte plumpsen lassen, und das war's dann mit Verzaubertsein, ehemalige beste Freundin hin oder her.

Ich umklammerte die Sprühflasche fest mit meiner rechten Hand, machte einen leichten Bogen und näherte mich jetzt ihrem Rucksack. Mit einem raschen Blick vergewisserte ich mich, dass mich niemand beobachtete. Nur Shark hockte im Schneidersitz wie Buddha auf der Bank und reckte ihren Hals, damit sie mich besser sehen konnte. Noch auffälliger ging es wohl nicht!

Ich wollte mich gerade bücken und Özges Rucksack öffnen, da kam ein Dackel wild kläffend über die Wiese geflitzt und steuerte direkt auf mich zu. Erschrocken blickte ich zu Özge, doch die bekam dank ihrer Kopfhörer noch nicht einmal mit, dass sein Besitzer laut rufend hinter ihm her gerannt kam. Schnell ging ich hinter dem Busch in Deckung und versuchte, das Hundevieh abzuwimmeln, aber es war äußerst hartnäckig. Schlimmer noch, es schnüffelte jetzt an meinen Hosenbeinen herum und sprang an mir hoch. Wahrscheinlich roch es das Shrimps-Spray in meiner Jackentasche.

»Du bist doch keine Katze, du magst gar keinen Fisch!«, meinte ich und drehte mich weg in der Hoffnung, der Hund würde endlich von mir ablassen. Sein Herrchen hatte ihn mittlerweile eingeholt, was den Dackel aber nicht daran hinderte, sein Beinchen an Özges Rucksack zu heben.

»Bingo«, dachte ich, um wieder mal das neue Yay! zu denken, »wenn das mal kein Zeichen ist!«

Endlich hatte der Besitzer unter tausend gemurmelten Entschuldigungen seinen kleinen Pisser angeleint und war den Kiesweg entlang verschwunden. So konnte ich im Schutz des Gebüschs Özges Rucksack öffnen und unbemerkt ihr Deospray gegen die kleine weiß-rote Flasche austauschen, die meine Hände die ganze Zeit über umklammert hielten. Keine Minute zu früh, denn ein greller Pfiff in meinen Ohren signalisierte unüberhörbar, dass es höchste Zeit wurde, den Rückzug anzutreten. Schnell lief ich zu Shark, zog sie hoch und rannte kichernd mit ihr davon.

Wild & wunderbare Streiche

- Igelball ins Bett legen.
- Dosenchampignons in die Jackentasche kippen.
- Zahnpasta unter die Türklinke drücken.
- Kressesamen unter der Tastatur verteilen.
- Nassen Lappen auf den Stuhl legen.
- Kieselsteine in die Socken stecken.
- Klarsichtfolie über die Kloschüssel spannen.
- Brühwürfel in den Duschkopf schrauben.
- Salz auf die Zahnbürste streuen.

15

Mit der stinkigen Özge wollte von jetzt auf gleich niemand mehr etwas zu tun haben. Aus irgendwelchen Gründen haftete der fischige Shrimps-Geruch hartnäckig an ihr wie eine zweite Haut und ließ sich unüberriechbar weder abschrubben noch überduften. Selbst Katharina und Marie machten einen großen Bogen um ihre beste Freundin. Fast tat sie mir ein bisschen leid, wie sie einsam und verlassen ihre Pause am anderen Ende des Schulhofs verbrachte. Schließlich hatten wir ja damals im Sandkasten mal viel Spaß zusammen gehabt. Aber auch nur fast. Ich hatte nicht vergessen, wie fies sich ihr Ellenbogen in meiner Bauchgrube und die Cola in meinem Nacken angefühlt hatten. Und wie lange es gedauert hatte, bis mein Pipi-Handy wieder funktionierte. Jetzt würde sie selbst merken, wie es war, wenn man von anderen ausgegrenzt wurde. Einfach so. Nur weil man schlecht roch. Oder vielleicht die falschen Klamotten trug. Oder zufälligerweise Lehrerinnentochter war.

Shark hatte ich seit jener Aktion im Park nicht mehr gesehen, mal wieder war sie für eine Weile abgetaucht und reagierte auf keine Nachricht von mir. Niemand wusste, wo sie steckte. Woher auch! Nur Oskar und ich hatten Kontakt zu ihr und außer der Tante vom Jugendamt interessierte sich auch niemand für Shark. In der Schule schienen sich die Lehrer auch nicht über *Sophies* Abwesenheit zu wundern und die MÖKs vermissten sie erst recht nicht.

Einzig der Pistorius lungerte immer wieder vorm Hauseingang herum und schien auf ein Rauchzeichen oder Elstergekrächze aus dem Schlüsselloch zu warten, aber hinter der Wohnungstür blieb es still, ungewohnt still. So still, dass ich mich irgendwann dann doch fragte, ob bei Shark alles in Ordnung war. Oder war sie wieder zu ihren Eltern gezogen? Mittlerweile waren zehn Tage vergangen. Katharina schmollte noch immer wegen ihrer Süßigkeiten und Özge müffelte penetrant nach Fisch.

Da ploppte eines Nachmittages eine Nachricht auf meinem Handy auf. Oskar und ich saßen gerade an unseren Hausaufgaben, jeder mit einem Proteinshake vor der Nase. Aus schwesterlicher Solidarität trank ich heute einen mit. Konnte meinen Hirnzellen schließlich nicht schaden.

Tilda hatte ein Selfie aus Neuseeland geschickt, das sie im weißen Kleidchen und mit Blumenkranz im Haar zeigte. Strahlend vor Glück steckte sie ihrem Gitarristen am Strand einen Ring an den Finger.

»Das könnten Coralie & Ole sein«, hatte Shark dazugeschrieben und mit Herzchen-Emojis untermalt, als sie mir das Bild von Tilda weitergeleitet hatte.

»Ole war bis gestern im Krankenhaus«, tippte ich eine kurze Nachricht zurück als Entschuldigung dafür, dass wir das Date zwischen meiner Mutter und ihm immer noch nicht arrangiert hatten. Ole hatte sich nämlich den linken Arm gebrochen und war erst gestern wieder nach Hause gekommen. Mit megaschlechter Laune, wie sich gezeigt hatte, als Oskar ihn und seine Schildkröten besuchte. Weniger wegen der Schmerzen im Arm, sondern weil ihm durch seine Krankschreibung ein wichtiger Auftrag durch die Lappen ging. Denn er konnte ja nicht Auto fahren und Bücher verkaufen, sondern war an seine Wohnung gefesselt, wie er sich genervt ausdrückte.

Oskar, der kleine Klugscheißer, hatte Oles Nölerei mit Fassung getragen, denn er witterte darin seine Chance, noch mehr Zeit bei den Minischildkröten zu verbringen.

»Mama wird meckern, wenn du gleich schon wieder zu Ole gehst«, wagte ich einzuwenden. Ich kaute an meinem Stift, mir wollte partout nicht einfallen, an wen ich einen Brief als Erzählung über ein »unerhörtes Ereignis« schreiben könnte. Deutschlehrerinnen hatten manchmal wirklich die seltsamsten Hausaufgaben-Ideen.

»Wird schon, schließlich ist er jetzt ja auf Unterstützung angewiesen, einkaufen, kochen und so ... da kann Mama gar nichts dagegen haben, wäre ja unterlassene Hilfeleistung«, winkte Oskar lässig ab und widmete sich wieder seinem Rechenheft, wo er unglaubliche Zahlenkolonnen gleich reihenweise löste. Oskar und einkaufen? Kochen?

»Bingo!«, rief ich.

»Hä?« Mein Bruder hatte tausend Fragezeichen im Gesicht, doch ich tat ihm nicht den Gefallen zu erklären, welche geniale Idee ich soeben hatte.

Stattdessen schrieb ich einfach drauflos, Frau Kimpel würde morgen begeistert sein, denn von *solch* einem unerhörten Ereignis hatte sie sicherlich noch nie gehört. Dann ließ ich den verdutzten Oskar einfach alleine am Küchentisch zurück und lief ein Stockwerk tiefer zu Shark, die mich offensichtlich erwartete. Die Tür stand wie immer offen und es duftete lecker nach Waffeln, die sich auf einem Teller bis an die Küchendecke türmten. Ungewöhnlich, eigentlich war ja so langsam Plätzchenzeit. Aber bei Shark wusste man eben nie.

»Hey, komm rein, ich backe gerade Waffeln«, erklärte Shark überflüssigerweise. Sie trug schneeweiße Leggings mit lauter Zwinkeraugen darauf und war gerade dabei, eine Tube Zahnpasta ins Waffeleisen zu quetschen.

»Was gibt das, Waffeln rot-weiß?«, fragte ich und guckte interessiert zu, wie die Masse in der Hitze zischte und brodelte. Sie ließ sich nach ein paar Minuten mit dem Messer abkratzen und wie Knete zusammenschieben.

»Schmeckt lecker mit Nutella-Waffeln! Zuckerwatte kommt auch gleich dazu … Dann brauchst du dir hinterher nicht die Zähne zu putzen.« Shark grinste. Sie löffelte jetzt jede Menge Nuss-Nougat-Creme in das heiße Waffeleisen und buk diese zu kleinen braunen Törtchen.

»Ich mag die hier lieber!«, sagte ich und angelte mir eine Zimtwaffel vom Stapel. Dann erzählte ich ihr von meiner Idee. Meine Mutter müsste *zufällig* zu Ole und der wiederum würde sie *zufällig* zu einem Candle-Light-Dinner einladen. Wie im Kitschfilm.

»Und wie kommen all diese Zufälle zustande?« Shark blinzelte mich an. Oder waren es die unzähligen Augen auf ihrer Hose? Ich zwinkerte irritiert zurück. Aber sosehr ich auch grübelte, meine Hirnzellen anstrengte und die Synapsen zum Glühen brachte – mir fiel nichts ein.

»Mmh, weiß nicht«, musste ich kleinlaut zugeben. So wurde das nie was! Wenn Mama sich nicht schnellstmöglich in Ole verliebte und vor Glück strahlte wie eine Märchenprinzessin, würde sie bis an ihr Lebensende schlechte Noten verteilen – und ich meines eigenen Lebens nicht mehr froh.

»Oskar geht doch sowieso für ihn einkaufen, da bringt er einfach alles mit«, meinte Shark und guckte mich unternehmungslustig an. »Und einen Liebesbrief kann er auch gleich schreiben.«

»Wer? Oskar?« Ich kapierte immer noch nicht, was sie meinte.

»Nein, Ole!« Shark schüttelte den Kopf. »Heute bist du echt von gestern!«

»Aber woher weiß denn Ole, dass er in Mama verliebt ist?« Ich schien wirklich auf der Leitung zu stehen.

»Das weiß Ole nicht, das weiß Oskar.«

»Oskar? Aber der ist doch viel zu jung für Liebe!« Jetzt schüttelte ich den Kopf.

»Hast du ’ne Ahnung! Never say never.« Shark war aufgesprungen, kramte in einem Kängurubeutel und förderte nach einigem Suchen und Kramen und Ächzen eine Handvoll fliederfarbene Umschläge zutage, wie ich sie neulich bei Oskar im Zimmer entdeckt hatte.

»Hier! Lies mal!« Sie warf mir die Briefchen wie Schmetterlinge zu, die ich aus der Luft fing.

Ungläubig studierte ich die Zeilen. Liebesschwüre, Komplimente, ich konnte kaum glauben, was ich da las.

»Das klingt schön! Wer hat das geschrieben?« Ich gab Shark die zusammengefalteten Zettel zurück. Ich verstand nicht viel von solchen Liebesdingen, aber was ich gelesen hatte, gefiel mir.

Statt einer Antwort sah mich Shark verschmitzt an. »Rate mal!«, rief sie und warf mir einen Kussmund zu. »Dein kleiner Bruder macht einen auf Cyrano de Bergerac, indem er für Jonas und andere Jungs unserer Schule Liebesbriefe schreibt!«

»Hä?« Ich schaute sie verständnislos an.

»Cyrano war sozusagen der erste Ghostwriter, weil sein Kumpel sich nicht getraut hat, einen Liebesbrief zu schreiben. Also hat er in dessen Namen Briefe verfasst und Geld dafür kassiert. Die waren so wunderschön, dass sich die Angebetete in den vermeintlichen Verfasser verliebte …« Shark fasste sich ergriffen ans Herz und seufzte.

Langsam schalteten mehrere Synapsen und ich kapierte: Die Zeilen, die ich neulich bei Oskar entdeckt hatte, waren Teil eines ausgeklügelten Geschäftes! Männergeschäfte, wie mein Brüderchen sagen würde. Und Shark war der Meinung, er solle das nun auch für Ole tun, damit dieser endlich Mama kennenlernen würde. Eigentlich war es ja anders herum, wir wollten, dass Mama Ole kennenlernte. Musste man das verstehen? Egal, Hauptsache, es würde funktionieren.

»Bingo!«, rief ich und hüpfte dreimal im Kreis herum. »Das ist eine verrückt-geniale Idee, wild und wunderbar!«

Ich liebe dich wie Klopapier,
zum Arschabwischen reichst du mir.
Ich liebe dich wie Fußpilz, Schnupfen, Hustenreiz,
noch schlimmer ist dein Habgiergeiz.
Ich liebe dich wie Klärschlamm, Dünnpfiff, Abwaschwasser,
zum Duschen macht der Regen nasser.
Ich liebe dich wie Grütze, Schlamm und Matschepampe,
am liebsten hab ich deine Wampe!

Und es funktionierte! Oskar fand unsere Verkupplungsidee plemplem, ließ sich aber mit einer XXL-Packung

Minischokoküsse davon überzeugen, einen charmanten Brief in Oles Namen an Mama zu schreiben, den sie mit einem amüsierten Lächeln entgegennahm. Ich konnte nur hoffen, dass Oskar seine Kundendatei gewissenhaft führte und »Oles« Schrift, Anliegen und Papierfarbe eine andere war als die von »Tobias Weiß« ...

Shark und ich marschierten fünf Supermärkte weiter, um dort einzukaufen. Wir wollten nicht riskieren, von jemandem beim Einkaufen erkannt zu werden.

»Hast du die Liste?«, fragte ich Shark und war ganz aufgeregt. Wir hatten gestern noch extra im Internet nachgeschaut, welche Zutaten wir für ein Candle-Light-Dinner bräuchten. Da Mama keinen Alkohol trank, hatten wir uns auf *Liebesdrogen aus dem Supermarkt* geeinigt. Und Shark hatte mal wieder »Bingo!« gerufen, weil ja eigentlich Wein dazugehörte, aber Essen sich viel leckerer anhörte.

»Klar!« Sie hielt mir ihr Smartphone entgegen, auf dem sie die Liste eingespeichert hatte.

Wir liefen die Gänge auf und ab und mussten eine Weile suchen, bis wir alles beisammenhatten: Spargel, Erdbeeren, Minze. Als ich die Avocados einpackte, bekam Shark einen Lachflash, *Ahuacatl* bedeutete nämlich Hoden, wie uns die Liebesdrogen-Einkaufsapp informierte. Bei den Chilis dagegen verzog sie ihr Gesicht.

»Und die sollen wirken, so megascharf, wie die sind?« Sie schüttelte sich und ich dachte, manchmal ist sie wirklich gaga. Tat immer so cool, aber bei Chilischoten spielte sie Prinzessin Lillifee.

»Was sonst?«, antwortete ich, auch wenn ich mir selbst nicht so recht vorstellen konnte, welche Feuerwerksreaktionen im Körper beim Biss in die Schote entfacht werden sollten ... Dann legten wir noch Granatapfelsaft, Schokolade und eine Vanille-Duftkerze in den Einkaufskorb. Mama würde staunen, was Ole für eine coole Socke war, die genau wusste, mit welch leckeren Dingen man die Frauen verwöhnte. Zumindest laut der App.

Im Schwimmbad kaufen wir Unterhosen und marschieren an die Decke, um zu bezahlen. Danach setzen wir uns auf die Ananas und futtern alles auf.

Beim Tanzen kommt es vor allem darauf an, die Tiere genau zu verstehen und herauszufinden, was der Affe sich gedacht hat.

Die Pfeffernüsse freuen sich wie Aschenputtel, weil es endlich schneit und bald Frühling ist. Da bekommen sie viele Witze.

16

Bis zur Aufführung war es noch hin, aber die Okarina machte Stress ohne Ende und übte, als wollten unser Chor und das Orchester auf eine Welttournee gehen – und nicht nur einfach die Aula mit gelangweilten Eltern und Geschwistern mit dem üblichen Weihnachtstralala bespielen. Immer wieder holte sie mich nach vorne und ließ mich vorsingen, wahlweise mit Lametta behängt oder ohne, ich sollte mich noch für ein Bühnenoutfit entscheiden. Und immer wieder sang oder betonte ich absichtlich falsch, hatte die Noten vergessen oder zappelte während des Singens so sehr herum, dass sie mich entnervt auf meinen Platz zurückschickte. Nach der Musikstunde nahm sie mich dann irgendwann zur Seite.

»Was ist los mit dir?«, fragte sie rundheraus und schaute mir forschend in die Augen. »Du hast so eine wunderschöne Stimme und überhaupt keinen Grund, dich zu verstecken! Ich wünschte, ich könnte so toll singen wie du. Also, trau dich und komm endlich aus deinem

Schneckenhaus heraus. Ich zähle auf dich!« Die Okarina wartete erst gar nicht meine Antwort ab und ließ mich einfach stehen.

»So wird das nie was«, meinte auch Jonas, als ich mich aus lauter Gewohnheit neben ihn stellte. In der Hand hielt er ein dunkles Vollkornbrot, diesmal mit gelbem Käse drauf. Oder war es Tofu?

»Was wird nie was?«, hakte ich nach. Ich hatte mich nicht auf seine Frage konzentriert, weil ich Oskar dabei beobachtete, wie er zwei älteren Jungs einen Brief aushändigte.

»Das mit dem Chor und dir«, sagte Jonas und rollte genervt die Augen. Oder lag es am Tofu, auf dem er jetzt herumkaute wie eine dauermalmende Kuh?

»Sag ich doch, dass ich kein Talent habe ...« Ich zuckte mit den Schultern. Oskar kassierte im Gegenzug von den Jungs einen Umschlag. Sah nach einem vielversprechenden Deal aus.

»Aber neulich hast du doch so schön gesungen«, wandte Jonas ein und sah mich nachdenklich an. In seine Wangentaschen hatte er den Tofu geparkt wie ein Hamster.

»Was kümmert mich mein Gesang von gestern«, antwortete ich leichthin und sah gebannt zu, wie mein kleiner Bruder jetzt hinterm Busch verschwand und das Geld im Umschlag zählte. Bei Gelegenheit müsste ich ihn mal zur Rede stellen, was er da eigentlich ständig vertickerte. Und was er mit dem Geld vorhatte, das er augenscheinlich kassierte.

»Papa ist übrigens total sauer, weil ihr nicht gekommen seid«, nuschelte Jonas jetzt.

»Meine Mutter ist auch dauersauer, pH 1. Na, da können sich die beiden ja zusammentun«, rutschte es mir heraus.

»Echt jetzt?« Jonas verschluckte sich vor Aufregung, hustete und prustete und pustete den Tofu auf den Schulhof, ich konnte gerade noch einen Schritt zur Seite springen, bevor er mich gelb besprenkelte.

»Scherz. Sie hat ja nicht immer schlechte Laune. Selten. Fast nie«, versuchte ich mich schnell herauszureden und erinnerte mich daran, was Mama über Herrn Weiß gesagt hatte.

»Weiß doch jeder.« Jonas hatte sich wieder eingekriegt und räusperte sich tausend Frösche aus dem Hals. Er ließ mich aber für die restlichen Schulstunden nicht mehr aus den Augen. Immer wieder guckte er mich heimlich von der Seite schräg von unten an, als ob er mich unbedingt etwas fragen wollte, sich aber nicht traute. So zog der Tag vorbei, ohne dass wir das hätten klären können.

Mittlerweile traute ich mich nicht und nirgends mehr, laut zu singen. Weil ich mich von Marie, Özge und Katharina dauerbeobachtet fühlte, übte ich nicht im Musikraum, auch wenn mich die Okarina ständig dazu ermunterte und aus mir die neue Netrebko machen wollte. Singen zu Hause ging erst recht nicht, also hielt ich meinen Mund.

Doch heute hatte ich aus unerfindlichen Gründen gute Laune und pustete beim Abwaschen laut singend Seifenblasen durch die Küche, die an der glänzenden Schrankoberfläche zerplatzten. Vielleicht lag es daran, dass ich mir heimlich die Haarspitzen gefärbt und Mama es bisher nicht bemerkt hatte. Oder daran, dass ich den MÖKs erfolgreich ausgewichen war, als sie mir in der großen Pause ein Glas Bolognesesoße in den Spind kippen wollten. Oder vielleicht auch daran, dass Ole sich über Mamas, äh: Oskars Brief gefreut hatte, in dem stand, dass sie ihn bald besuchen würde. Er hatte daraufhin von einem Ohr zum anderen gegrinst – und Oskar zum Einkaufen geschickt. Dank unserer genialen Supermarktaktion konnte Oskar ihm eine prall gefüllte Tüte mit Mamas Lieblingsspeisen abliefern. Besser konnte es gar nicht laufen! Dem Rendezvous stand nichts mehr im Wege! Und einer supergelaunten Frau Würg alias Coralie Grüner auch nicht mehr. Mama wäre endlich verliebt und glücklich und würde nur die besten Noten verteilen. Und dann würden mich endlich, endlich Marie, Özge und Katharina in Ruhe lassen.

Gut gelaunt und bester Dinge kümmerte ich mich also um meine Pflichten als Tochter – und sang beim Spülen vor lauter Freude vor mich hin.

Lieblingslieder-Playlist

Count on me, Bruno Mars
You're my best friend, Queen
Friends, Aura Dione
Kompliment, Sportfreunde Stiller
All your friends, Coldplay
Wir beide, Juli
Run the world, Beyoncé
Breathe me, Sia
Lieblingsmensch, Namika
I turn to you, Christina Aquilera
Girls just wanna have fun, Cindy Lauper

Doch zu früh gefreut! Mama stand plötzlich im Türrahmen und das bisschen Singerei brachte sie tatsächlich komplett aus der Fassung.

»Linn!«, herrschte sie mich an. »Hatte ich es dir nicht verboten? Du sollst nicht singen! Lerne lieber für die MINT-AG!«

Es musste eine Monsterlaus gewesen sein, die ihr über die Leber gelaufen war und ihre Nerven jetzt zum Durchglühen brachte. Quasi Big Data Crash im Mutterhirn! Ich war kurz davor, kleinlaut auf mein Zimmer zu schleichen. Aber dann musste ich an Shark denken und wie sie wohl reagiert hätte.

»Warum verbietest du mir immer alles? Warum darf ich nicht singen?«, fragte ich. Leise, ganz leise, um sie nicht noch wütender zu machen, als sie sowieso schon war.

Doch Mama schüttelte nur den Kopf und atmete dreimal tief durch. Sie musste sich beherrschen, das war ihr deutlich anzumerken. »Geh jetzt bitte.«

Also packte ich stillschweigend mein Handy ein, angelte mir noch einen Apfel von der Anrichte und lief mit langsamen Schritten die Treppe hinunter. Vorbei an Sharks Wohnung, vorbei am neugierigen Pistorius, aber ich grüßte nur matt. Ich lief und lief und dabei liefen mir die Tränen über die Wangen. Noch nie hatte ich mich so im Stich gelassen gefühlt. Mama meinte es nicht so, sie war herzensgut und wollte nur das Beste für uns, vor allem für Oskar, mit dem sie die schlimmsten Sorgenjahre durchlebt hatte, die man sich nur vorstellen kann. An ihre schlechte Laune hatte ich mich ja mittlerweile gewöhnt und auch daran, dass sie ihren Ärger oft an mir abließ. Aber weshalb sie ausgerechnet etwas gegen das Singen hatte und mir noch nicht einmal sagen konnte, warum, blieb mir ein Rätsel.

Mittlerweile hatte es begonnen zu regnen, alles war grau in grau, fast weiß. Wasser, wohin das Auge blickte, Herbst. Ziellos lief ich durch die Straßen und durch den Park, wo heute niemand spielte oder auf dem Rasen herumlungerte. Ich lief und lief auf der Suche nach einem Ort, an dem ich ungestört sein konnte. Und trocken. Irgendwann führte mich der Weg in den Wald. Früher waren wir hier öfter spazieren gegangen, weiter hinten kam ein alter Steinverschlag, wo man sich prima verstecken konnte. Und sicher auch singen üben. Laut meinem Online-Programm hinkte ich ganz schön hinterher, und wenn ich das Kursziel bestehen wollte, müsste ich mich ranhalten. Den mahnenden Nachrichtenton hatte ich längst ausgestellt, ich wusste auch so, dass ich viel regelmäßiger üben musste.

Ich bahnte mir den Weg durch das Gestrüpp, immer wieder musste ich die Füße heben und Slalom laufen, sonst hätte ich unzählige Schnecken zertreten und auf dem Gewissen gehabt. Es schien, als wären sämtliche Schnecken des Waldes unterwegs, überall krochen die orangeroten, schleimigen Biester umher, auf Ästen, Blättern, Zweigen, über Stock und Stein. Manche von ihnen hatten sich ineinander verknäult und produzierten vor lauter Lust und Freude darüber Blubberschleim. Ich musste an Marie denken und wie sie mir vorhin Bolognesesoße in den Spind kippen wollte, das wäre auch eine klebrige Angelegenheit geworden. Nachdenklich beobachtete ich die Schnecken, wie sie auf ihrer glitschigen Spur krochen und dabei nicht genug vom Regen bekommen konnten. Ich stand mittlerweile im Steinhaus und hatte mein Online-Programm aktiviert. Besonders gemütlich war es hier drin nicht, überall flogen Plastiktüten, vergessene Eimer und Schaufeln herum, aber eins war es immerhin: trocken.

Dennoch konnte ich mich kaum auf die Tonleitern konzentrieren. Immer wieder schweifte mein Blick zu den Schnecken, die an der Außenmauer entlangkrochen und dabei noch mehr Schleim zu produzieren schienen, gurgelnd und schmatzend. Und plötzlich schoss mir eine geniale Idee heiß in die Hirnzellen. Ich steckte mein Smartphone wieder in die Jacke, schnappte mir eine Schaufel und zwei Eimer – und marschierte damit nach draußen.

Auf dem Rückweg klingelte ich bei Shark. Der Pistorius guckte mich mit großen Augen an, als ich mit meinen Schneckeneimern an ihm vorbeilief.

»Geschmort in Weißwein schmecken sie besonders gut«, rief ich ihm grinsend zu, woraufhin der grantige Herr tatsächlich blass um die Nase wurde, wo er doch sonst eher rot vor Ärger war.

»Was willst du damit?« Shark schaute mich mit einer Mischung aus Ekel und Anerkennung an, als sie mir die Tür öffnete. Sie wirkte müde und unausgeschlafen, selbst ihre Haare hingen schlapp herunter. Beim Anblick der Nacktschnecken schüttelte es sie heftig. Ungewöhnlich für jemand, der sonst vor nichts und niemand Angst zu haben schien.

»Bist du krank?« Ohne eine Antwort abzuwarten, marschierte ich einfach mit den Eimern in der Hand an ihr vorbei Richtung Badezimmer, um die Schnecken dort in der Badewanne vor Pepper in Sicherheit zu bringen. Die flatterte bereits neugierig herbei, ich wehrte sie gerade noch mit einer wedelnden Handbewegung ab.

Shark hatte unterdessen einen heißen Kakao für uns bereitet und dazu fluffy Milchschaum wie aus einer Schneekanone produziert. Er sah aus wie Schneegestöber, dabei regnete es draußen nur.

Wolkenmilch

Milch im Milchschäumer sehr schaumig rühren. In eine große Tasse füllen und nach Belieben Schokoflocken unterrühren.

Shark wirkte nicht so, als wolle sie heute noch mal vor die Haustür. Auf meine vorsichtige Nachfrage, was denn geschehen sei, antwortete sie nur mit einem Kopfschütteln und da kapierte ich, dass ich wohl besser nicht weiterbohrte. Ich schaute sie nachdenklich an, manchmal wurde ich aus ihr nicht schlau. Shark, die die verrücktesten, wildesten und genialsten Einfälle hatte, kauerte in ihrer Hängematte und trug ausnahmsweise keine Leggings, sondern eine rosapudrige Strumpfhose, in der sie klein und schutzbedürftig wirkte. Wie eine aus dem Turm gefallene Prinzessin.

Vorsichtig ließ ich mich neben sie gleiten und dann fragte ich nicht lange nach, sondern erzählte ihr einfach von meinem Plan.

»Ist nicht dein Ernst!« Shark blickte mich mit großen Augen fragend an. »Echt jetzt? Mit ... diesen ... Schnecken?!« Sie schüttelte sich angeekelt. Mein Vorhaben war ihr nicht geheuer, das war ihr deutlich anzumerken.

»Aber ich schaff das nicht allein, ich brauche dich! Sonst komme ich nicht in die Schule!« Ich knuffte sie in die Seite. »Komm schon, das ist die Gelegenheit, die gibt es so schnell nicht wieder. Dann ... dann kommst du auch auf andere Gedanken«, fügte ich noch schnell hinzu.

Shark dachte einen Moment lang nach, knabberte erst an ihrer Unterlippe, trank dann einen Schluck aus ihrer Tasse, sodass ein Milchbart ihr Gesicht zierte, und sagte dann: »O-k-a-y. Ich bin dabei. Aber wehe, ich muss die anfassen!«

Keine fünf Minuten später befanden wir uns auf dem Weg zur Schule, jede mit einem überquellenden Schneckeneimer in der Hand. Vor lauter Vorfreude machte mir der Regen nichts aus, es fehlte nicht viel und ich wäre singend und tanzend durch die Straßen gelaufen. Shark neben mir lief bedrückt und langsam, immer wieder blieb sie unter einem Vorwand stehen, Schnürsenkel binden, Papier wegwerfen, Schaufenster gucken, und immer wieder versuchte ich, sie mit irgendwelchen

Sprüchen aufzuheitern, aber außer einem matten Grinsen schenkte sie mir nichts.

Schließlich standen wir vor dem Haupteingang unserer Schule, deren Fassade sich erhaben und mächtig gegen die Dunkelheit erhob.

»Und wie kommen wir da rein?« Zum ersten Mal stellte ich den Eimer ab und rieb mir die schmerzenden Hände, ich hatte gar nicht bemerkt, dass die Viecher so schwer waren.

Da grinste Shark zum ersten Mal an diesem Abend wirklich und klapperte mit einem Bund Dietriche. Geschickt fummelte sie einen nach dem anderen in das Türschloss, während ich Schmiere stand und darauf achtete, dass um uns herum niemand etwas bemerkte. Keine Minute später standen wir im Foyer neben der Bronzebüste und noch ein wenig später vor Maries Spind, den Shark mit geschickten Fingern öffnete.

»Auf drei«, zählte ich laut, um mir Mut zu machen, die schmatzenden und gurgelnden Schnecken waren mir mittlerweile auch nicht mehr so geheuer. Schnell kippte ich die beiden Eimer auf Maries Krimskrams, Shark schmiss sich von außen gegen die Tür und verriegelte sie wieder, ich kickte die Eimer unter das Lehrerpult.

Kichernd rannten wir durch die Nacht davon.

Wenn Schnecken an Schnecken schlecken, merken Schnecken, dass Schnecken nicht schmecken.

17

Marie fiel glatt in Ohnmacht, als sie den Spind öffnete und ihr die Schnecken entgegenquollen. Rein zufällig war ich an diesem Morgen an ihrem Klassenzimmer vorbeigeschlendert und wurde Zeuge, wie Özge und Katharina verzweifelt versuchten, der unzähligen Viecher Herr zu werden. Jedes Mal wenn sie eine Schnecke zurückstopften, drängelte sich die nächste wieder hervor, als würden sie sich nonstop vermehren, es war ein hoffnungsloses Unterfangen. Irgendwann schmiss sich Özge verzweifelt gegen die Tür, quetschte dabei leider die eine oder andere ein, aber dann war Ruhe. Dachten sie. Denn wenn man ganz still war, hörte man im Inneren des Schrankes leise schmatzende Glibbergeräusche ...

Marie hatte sich dank Katharinas Fürsorge wieder berappelt, saß aber noch in völliger Schockstarre auf dem Boden und starrte fassungslos auf ihre Hände, von denen Schneckenschleim tropfte. Sie wirkte wie nicht von dieser Welt. Özge dagegen stand mit vor der Brust verschränkten Armen vor dem Spind, als hätte sie gerade drei Tiger getötet und nicht Tausende orange-nackte Schleimkriecher eingesperrt.

Schnell lief ich weiter. Ich konnte mir das Kichern kaum verkneifen und für den restlichen Tag lief ich mit einem fetten Grinsen im Gesicht durch die Gegend. Kaum einer hatte Mitleid mit Marie, ihre Schneckenschockstarre war Gesprächsthema Nummer eins in der Schule. Nur Jonas hatte die armen Viecher wieder in den Wald zurückgebracht. Und Shark wollte von Schnecken nie wieder auch nur eine Kriechspur sehen oder hören.

Guter Laune und bester Dinge lief ich am Nachmittag nach Hause. Heute war der Tag der Tage, DAS Date des Jahrhunderts stand bevor und damit die Lösung aller meiner Probleme. Denn wenn selbst der Schneckenschleim noch eine Weile an den MÖKs haften würde wie ein Pflaster, würde ihnen früher oder später wieder einfallen, wem sie die Unannehmlichkeiten der letzten Tage zu verdanken hatten. Mir. Und meiner Mutter. Allerhöchste Zeit also, dass sich unser Leben änderte und ich nachhaltig für Ruhe sorgte.

Mama titschte durch die Wohnung wie ein aufgeregtes Schulmädchen vor ihrem ersten Referat. Unseren *Sängerstreit* von gestern schien sie komplett vergessen zu haben. Sie hatte sich sogar ihr bestes Kleid angezogen und die Lippen geschminkt. Jetzt schon? Wenn ich mich recht erinnerte, war sie doch erst heute Abend mit Ole verabredet? So hatten wir es zumindest Oskar diktiert.

»Hast du etwas vor?«, fragte ich möglichst unbeteiligt

und räumte aus lauter Gewohnheit die Spülmaschine ein. Innerlich brannte ich vor Neugier und quetschte sämtliche Daumen und Fußzehen.

»Kann man so sagen«, antwortete Mama und lächelte verschmitzt. In ihrem Rosendress wirkte sie völlig verändert. Wie konnte das sein: Aus Frau Kratzbürste war mit einem Schnipp Frau Blumenfeld geworden?!

»Ich treffe heute Abend einen Schulfreund aus alten Zeiten. Stell dir vor, er ist zufällig in der Stadt und hat mich um ein Treffen gebeten.«

»Aber ... äh ... ich dachte, du hilfst Ole?«, stotterte ich entsetzt. Das hier lief überhaupt nicht nach Plan! Sie sollte doch mit unserem Nachbarn Granatapfelsaft mit Minze trinken, Schokolade und Chili knabbern und romantisch ins duftende Vanille-Kerzenlicht gucken. Warum hielt sich Mama nie ans Drehbuch? Immer machte sie ihr eigenes Ding! Und seit wann traf sie sich mit *alten Schulfreunden?!* Da hatte ich wohl etwas nicht mitbekommen.

»Keine Sorge, zu dem armen Kerl gehe ich gleich ... er scheint ja wirklich starke Schmerzen zu haben.« Mama nickte mir zu und kramte eine Packung Kekse aus der Schublade. »Männer eben, die tun sich immer extraleid.«

»Ole ist nicht so ...«, versuchte ich unseren Lieblingsnachbarn und Retter in der Not zu verteidigen. Aber insgeheim war ich mir da nicht ganz so sicher. Bei unserem letzten Besuch wirkte Ole ganz schön jämmerlich, autschte bei jeder Bewegung und verzog sein Gesicht zu schmerzhaften Grimassen. Was sollte Oskar da denn sagen? Wenn der sich jedes Mal so anstellen würde, wenn es um seine verhunzten Knochen ging, würde er niemals auch nur einen Zentimeter wachsen.

»Aber er braucht doch deine Hilfe, oder? Ist es da nicht unhöflich, so schnell wieder zu verschwinden?«, wagte ich einen neuen Versuch.

»Mach dir keine Sorgen ...« Mama grinste. »Ich weiß ja, was sich gehört. Kannst dich auf mich verlassen.« Und damit drückte sie mir einen Schmatzer auf die Wange und verschwand beschwingten Schrittes aus der Wohnungstür nach nebenan, einen leichten Maiglöckchenduft hinter sich herziehend.

Ich flitzte sofort in mein Zimmer, startete meinen Laptop, aktivierte das WLAN und wartete gespannt ... jetzt oder nie. Tatsächlich, wenige Sekunden später blinkte das grüne Lichtchen – und ich hatte eine Live-Schalte in Oles Wohnung.

»Du bist ein Genie, Oskar«, murmelte ich vor mich hin und gab meinem nerdigen Bruder in Gedanken ein High-Five. Er hatte es tatsächlich geschafft, seine Webcam in Oles Aquarium zu installieren. Die Minischildkröten waren glücklicherweise träge und interessierten sich nicht für das blinkende Gerät, das jetzt astreine Aufnahmen zeigte.

Was ich dann beobachtete, übertraf meine kühnsten Erwartungen. Nein, um das gleich zu sagen, sie fielen sich nicht sofort in die Arme und küssten sich, als ob sie nur auf diese Gelegenheit gewartet hätten. Sondern sie reichten sich verlegen lächelnd die Hand, wechselten offensichtlich ein paar freundliche Worte und saßen dann stumm am Tisch. Zumindest bewegten sich ihre Münder nicht. Was war denn mit Mama los, sie war doch sonst nicht so und wusste, was sich gehörte. Warum sagte sie nichts? Worauf wartete sie?

»Los, Ole, sag was, tu was«, rief ich ihm zu. Und tatsächlich, Ole stand auf, lief zum Schrank und angelte mit seiner gesunden Hand zwei Gläser aus dem Schrank. Bingo, besser konnte es ja nicht laufen! Zufrieden sah ich zu, wie Mama nickte, woraufhin er in die Küche lief, um den Saft zu holen. Immer wieder schüttelte er den Kopf, als würde er Mamas freundliche Mithilfe ablehnen. Nach dem Motto »Selbst ist der Mann« richtete er die Schokolade mit den Chilischoten hübsch an und ich bemerkte zu meiner Genugtuung, wie Mama seine Bewegungen leise lächelnd registrierte.

Erleichtert lehnte ich mich zurück. Das lief ja wie im Film!

Doch dann passierte es. Bei dem Versuch, mit seinem eingepackten Arm die Vanilleduft-Kerze anzuzünden, fiel Ole das angeflammte Streichholz aus der Hand – genau in Mamas Ausschnitt. Wie peinlich war das denn! Ole lief puterrot an, während Mama hektisch auf ihrem Dekolleté herumgrapschte. Mir kam es eine gefühlte Ewigkeit vor. In Wirklichkeit vergingen laut Webcam gerade mal zehn Sekunden, bis die beiden in schallendes Gelächter ausbrachen und sich zuprosteten.

Puh, Glück gehabt! Jede andere Frau wäre entsetzt aufgesprungen. Aber meine Mutter blieb cool, so kannte ich sie ja gar nicht! Ich schöpfte Hoffnung. Die Chancen standen gut, dass mein Problem gleich gelöst wäre. Entspannt lehnte ich mich zurück. Aber zu früh gefreut. Denn Mama lächelte Ole an und angelte sich lässig ein Stück Schokolade. Ich wollte noch rufen »Nein, stopp, nicht die ganze Chili dazu«, doch zu spät, außerdem hätte sie mich ja doch nicht gehört. Ich sah noch, wie sie sich mit weit aufgerissenen Augen an den Hals griff und nach Luft schnappte, bevor sie aufsprang und aus dem Bild verschwand. Kurz darauf hörte ich sie die Treppe hinuntereilen und die Haustür knallen. Ole schob sich mit einer verzweifelten Geste ein Stück Avocado in den Mund. Ich schaltete die Kamera aus. Auch verzweifelt.

Na super! Das war es dann mit guter Laune. Schluss. Aus. Ende. MÖKs forever. Beklommen schlich ich durch die Wohnung. Das hatte Shark nun mit ihrer Kitschromantik-Theorie. Wusste ich's doch, dass das im echten Leben nicht funktionierte. Und von wegen Liebesbriefe für einen guten Zweck schreiben! Oskar mochte damit sein Taschengeld aufbessern, aber in Wirklichkeit war es Betrug. Solche Liebe gab es nur im Kino! Und in Büchern. Und vielleicht noch zwischen Mama und Papa.

Was konnte ich bloß tun, damit Mama jemals wieder gut drauf war? Ich wusste kaum etwas über sie und fühlte mich ihr gegenüber fremd. Ich wusste, dass ich so etwas nicht denken durfte, aber manchmal fragte ich mich, ob ich nicht bei der Geburt vertauscht worden war. Wir waren in vielen Dingen so unterschiedlich! Und doch wieder so ähnlich.

Um mich Mama nahe zu fühlen, schlich ich in ihr Zimmer. Früher war ich oft nachts zu ihr gekrochen und hatte mich an sie geschmiegt, um ihre Wärme zu spüren. Aber weil sie sich immer am nächsten Morgen darüber beschwert hatte, dass sie nicht schlafen konnte und ich ihr die Bettdecke geklaut hätte, hatte ich irgendwann ein schlechtes Gewissen bekommen und damit aufgehört. Seitdem war ich nicht mehr in ihrem Zimmer gewesen, das klein und gemütlich war, zugestellt mit Büchern, Bilderrahmen und Blumenvasen. Während unsere Wohnung eher kühlen Charme versprühte, war es hier heimelig und warm und ich bekam eine Wohlfühlgänsehaut, als ich mich in den Sessel kuschelte und die Wolldecke um mich legte. Es war, als wäre meine Mutter auf besondere Weise hier bei mir in diesem Raum, eine bisher unbekannte Wärme umfing mich, lullte mich ein und ließ mich wegdösen.

Irgendwann schreckte ich auf und ein Blick auf die Uhr verriet mir, dass kaum eine halbe Stunde vergangen war. Verschlafen rieb ich mir die Augen. Im Regal neben mir standen Fotos von Oskar und mir, am See, auf dem Weihnachtsmarkt, im Hof, auf dem Roller, mit Schultüte, mit Käppi, mit Glitzerstab ... Papas Foto hatte einen besonderen Platz auf einem Häkeldeckchen. Und daneben, ganz klein, aber dafür in einem silbernen Schnörkelrahmen, befand sich ein Foto von einer dunkelhaarigen Frau, die ich nicht kannte und auch noch nie gesehen hatte.

Mama besaß keine Geschwister oder Verwandten, unsere Großeltern wohnten weit weg, wir sahen sie einmal im Jahr zu Weihnachten, aber ansonsten hatten wir kaum Kontakt zu ihnen. Nachdenklich betrachtete ich die junge Frau. Ihr Blick war weich, tiefgründig blickte sie in die Ferne. Wie von selbst griffen meine Hände nach dem Bilderrahmen. Auf der Suche nach einem Namen oder einem Hinweis drehte ich ihn in meinen Händen, doch ich entdeckte nichts, also stellte ich ihn vorsichtig zurück. Wer war diese Frau?

Normalerweise war es nicht mein Ding, in anderen Angelegenheiten herumzuschnüffeln, schon gar nicht in Mamas Sachen. Aber wie von einer inneren Regie geführt, scannten meine Augen jetzt das Regal nach weiteren Hinweisen, öffneten meine Hände wie von selbst Schranktüren und Schubladen. Shirts, Wäsche und Strümpfe lagen säuberlich gefaltet darin, jede Menge Bücher, Aktenordner und Jahrbücher der Schule stapelten sich. Ich wollte gerade unverrichteter Dinge den Raum verlassen, da fiel mein Blick auf eine Schachtel neben Mamas Bett. Klein, weiß und wie nebenbei stand sie da, doch als ich sie öffnete, fand ich die Antwort, die ich suchte.

Es waren lauter Briefe. Aber sie waren nicht von Papa. Mir stockte der Atem, als ich die Unterschrift auf dem fliederfarbenen Papier las: Tobias Weiß. Und darüber unverkennbar Oskars Schmachtzeilen: »Deine Augen leuchten mich an ...«

»Du cleverer Hund«, dachte ich und musste nun doch insgeheim über meinen kleinen Bruder staunen, der mit so viel Witz und Gefühl Liebesbriefe schrieb. Ob er gewusst hatte, an wen Jonas' Vater die Briefe verschickte? Oder hatte Jonas selbst die Sache arrangiert?

Aber in der Kiste waren noch viel mehr Briefe unterschiedlicher Größe und Farbe, bunte Marken klebten auf den Umschlägen. Mit den vielen Stempeln drauf sahen sie weit gereist aus.

Sie stammten auch nicht von Papa, sondern von Geraldine, der jungen Frau auf dem Foto, wie ich nach und nach kapierte. Mit fieberhaften Händen griff ich nach den unzähligen Blättern und begann zu lesen. Tauchte ab in die Schulzeit zweier bester Freundinnen, die keine Party ausließen und mit den Jungs um die Wette rauchten und tranken. Hier musste ich zum ersten Mal schlucken ... meine Mutter, feiern und Alkohol? Ich mochte es kaum glauben! Doch während meine Mutter alsbald zielstrebig ihr Studium als Lehrerin anging, tingelte ihre ABF durch Bars und Theater, denn Geraldine war Sängerin und träumte von einer Karriere auf der Bühne.

Ich musste grinsen und konnte mir schon denken, dass meiner Mutter dieses lotterige Leben ein Dorn im Auge gewesen war. Aber offensichtlich war sie Geraldine sehr eng verbunden, sie fieberte bei jedem Auftritt mit und saß so oft wie möglich in der ersten Reihe. Meine Mutter vermisste ihre beste Freundin aufs Schmerzlichste, wenn sie nicht in ihrer Nähe war, konnte sie sich kaum auf ihr Studium konzentrieren und verpasste manchmal auch eine Vorlesung, wenn Geraldine in einer anderen Stadt ein Konzert gab. Ich schluckte zum zweiten Mal. Meine

Mutter und Vorlesung schwänzen? Wo gab's denn so was!

Ich schluckte zum dritten Mal, als ich kapierte, dass Geraldine für Mama die wichtigste Person in ihrem Leben gewesen war, bevor sie mit Papa zusammenkam, ihn geheiratet und Kinder bekommen hatte. Sehr wichtig, denn offensichtlich hatte Mama Geraldine nie vergessen können, die Briefe in meiner Hand wirkten mehr als nur einmal gelesen. Waren sie anfangs nahezu täglich verschickt worden, wurden die Abstände zwischen den Sendungen immer größer, ich überflog die Zeilen, in denen lauter Vorwürfe und Streitereien zu lesen waren, von Eifersucht und Neid, wenn Geraldine vor lauter Singerei, Gesangsstudien und Premierenfeiern vergessen hatte, sich bei Mama zu melden, oder das Wochenende mit anderen Freunden verbrachte. Und dann musste etwas vorgefallen sein. Denn von jetzt auf gleich gab es keine Briefe von Geraldine mehr, es musste etwas damit zu tun haben, dass Geraldine ihre Karriere wichtiger gewesen war als die Freundschaft mit meiner Mutter. Ob das etwas damit zu tun hatte, warum Mama mir das Singen verboten hatte?

Selbst ich, die ich Geraldine ja gar nicht kannte, vermisste sie augenblicklich, ihre unbekümmerte Art zu leben, zu lachen, zu schreiben. Traurig legte ich die Blätter in die Schachtel zurück und stellte sie wieder sorgsam an ihren Platz neben dem Bett, so als wäre nichts geschehen.

Stimmte nicht, ganz viel war geschehen. Als ob mir

jemand einen Spiegel vor Augen halten und schwarz auf weiß präsentieren würde, was mit Mama los ist, kapierte ich: Auch Mama vermisste ihre Freundin. Sie brauchte eine Freundin. Und sie war unglaublich alleine. Wie ich, bevor ich Shark kennengelernt hatte.

Ich liege im Bett und bin krank, seit Tagen schon schleppe ich diese Erkältung mit mir herum und jetzt bleibe ich einfach liegen und schlafe, schlafe, schlafe. Neben mir auf dem Nachttisch steht ein Becher mit heißem Ingwertee, ich mochte diesen scharfen Geschmack nie, aber du hast eine Orange ausgepresst und den Saft hinzugefügt.
Ich nehme einen Schluck und schmecke der Erinnerung nach, wie wir dann Schwarzer Peter und Vier gewinnt gespielt haben, stundenlang, bis ich mich wieder besser fühlte und gewonnen habe. Ich habe immer gewonnen und liebte dich dafür, dass du mich hast gewinnen lassen, so oft, dass ich davon gesund wurde.

18

Wie ertappt verließ ich fluchtartig das Zimmer, schnappte meinen Mantel und stürmte aus der Wohnung. So schnell ich konnte, nahm ich die Treppenstufen hinauf zum Dach. Leise öffnete ich den Notausgang und sicherte die Tür für später. Vorsichtig schlich ich über das Dach zum Nachbarhaus. Die kalte Nachtluft beruhigte mich, ich nahm ein paar tiefe Atemzüge und schaute mich um. Es war längst dunkel geworden, doch die meisten Nachbarn waren noch wach, Ildiko brütete über ihren Hausaufgaben, neben sich ihr Smartphone, und Özge hielt sich ein Mikro vor die Nase. Nur in Sharks Wohnung war es dunkel.

»Huch, hast du mich erschreckt!« Wie aus dem Nichts stand Shark plötzlich vor mir, Pepper war erschrocken aufgeflattert.

»Danke gleichfalls«, antwortete ich und musste vor Erleichterung grinsen, als Pepper sich jetzt auf meiner Schulter niederließ und begann, an meinen Haaren herumzuknabbern.

»Was machst du hier?«, fragte ich überflüssigerweise.

»Könnte ich dich auch fragen«, meinte Shark und in der Dunkelheit wirkten ihre Augen noch mal so groß. Wie die einer Katze. Nur dass Katzen nicht weinten. In der Hand hielt sie lauter bunte Zettel, die sie schnell in ihrer Jackentasche vor mir versteckte.

»Ist etwas passiert?«, hakte ich nach. Doch Shark schüttelte nur den Kopf und schwieg. Dann nahm sie mich an die Hand und zog mich mit sich in die Nische, wo sie bereits aus Decken und Kissen ein gemütliches Lager gebaut hatte, wir hüllten uns warm ein. Pepper saß auf einem Vorsprung und tat so, als würde sie schlafen. Aber in Wirklichkeit verfolgte sie jede unserer Bewegungen, da war ich mir sicher. Und sie verstand garantiert jedes Wort.

»Und was ist mit dir?«, fragte Shark nach einer Weile, in der wir beobachtet hatten, wie Ildiko auf das Fenstersims geklettert war und heimlich rauchte.

»Ich habe herausgefunden, warum meine Mutter so ...« Ich suchte nach den passenden Worten. Sauer und übellaunig war ja eigentlich nicht der passende Ausdruck, den Briefen nach zu urteilen war sie ... »... warum meine Mutter so unglücklich ist. Sie ist unglaublich einsam.«

»Und warum? Sie hat doch euch ...«

»Das hat mit Oskar und mir auch nichts zu tun.« Ich schüttelte den Kopf und konnte es selbst kaum glauben, was ich ihr dann antwortete. »Sie liest wunderschöne Briefe ...«

»Sie ist verliebt! Bingo.«

»Nein, nicht Bingo. Es sind alte Briefe, Briefe aus einer vergangenen Zeit.« Ich seufzte und zog die Decke enger um mich.

»Von deinem Vater?«, fragte Shark behutsam nach.

Ich schüttelte den Kopf. »Nein.«

»Oh Mann, jetzt lass dir doch nicht die Würmer einzeln aus der Nase herausziehen!«

»Sie sind von Geraldine. Meine Mutter hatte eine allerbeste Freundin, die sie bis heute schrecklich vermisst.«

»Aber das ist doch eine wunderbare Nachricht! Dann treffen sich die beiden endlich mal wieder und gut ist, wo ist das Problem?« Shark strahlte wie ein Weihnachtsbaum, das war selbst in der Dunkelheit zu erkennen.

»Wenn es so einfach wäre ...« Ich schüttelte den Kopf. »Es gab offensichtlich einen fürchterlichen Streit, seitdem herrscht Funkstille. Geraldine wollte mit Mama nichts mehr zu tun haben.«

»Ist das nicht alles schon wahnsinnig lange her? Deine Mutter hat deinen Vater geheiratet! Und Kinder bekommen, dich und Oskar. Da hat sie ganz bestimmt ein komplett anderes, neues und zufriedenes Leben geführt.« Sharks Stimme hörte sich nachdenklich an.

»Ich glaube schon ... aber dann ist Papa gestorben. Und sie war von heute auf morgen alleine mit zwei Kindern, aber Geraldine hat sich immer noch nicht wieder mit ihr versöhnen wollen.«

Shark drückte mitfühlend meine Hand. »Das ist schlimm«, murmelte sie, bevor sie noch leiser hinzufügte: »Ich weiß, wie es sich anfühlt, verlassen zu werden.«

»Weil deine Eltern ohne dich nach Amerika gegangen sind?«

Statt einer Antwort drückte Shark abermals meine Hand.

So saßen wir da, schweigend, Schulter an Schulter dicht nebeneinander, während rings um uns herum die Lichter der Stadt in der Dunkelheit versanken und unsere Nachbarn sich ins Bett legten. Pepper steckte den Kopf zwischen die Flügel.

»Vermisst du deine Eltern sehr?«, fragte ich nach einer Weile. »Ich denke an Papa, jeden Tag. Stelle mir vor, wie es wäre, wenn er jetzt für mich Frühstück machte, Spiegeleier brutzelte oder er mit mir für die Mathearbeit lernte. Und mir abends vorläse. Mir einen Gutenachtkuss gäbe ... Aber irgendwie habe ich mich auch daran gewöhnt, dass er nicht mehr da ist. Ich meine, er ist da und doch nicht da, verstehst du, was ich meine? Oft stelle ich mir vor, was er jetzt dazu sagen würde, wenn er wüsste, dass ich so gut in Mathe bin oder das Solo bei der Weihnachtsaufführung singen soll.«

»Er wäre bestimmt unglaublich stolz auf dich!«, meinte Shark. »Hey, du bist echt ganz schön mutig geworden! Erst die Sache mit den Süßigkeiten für die Flüchtlingskinder und das Shrimps-Deo ... Und dann die Nacktschnecken ... Respekt.« Bei der Erinnerung an unsere nächtliche Aktion schüttelte sie sich kaum merklich. Ich spürte, wie ich vor Verlegenheit rot wurde, als sie mich lobte. Schnell fragte ich: »Und was ist mit deinen Eltern? Telefoniert ihr wenigstens regelmäßig?«

»Klar.« Sie atmete tief ein und aus, ich spürte, dass es

nicht ganz stimmte und sie vielleicht gerne noch etwas gesagt hätte, aber weil sie eisern schwieg, fragte ich nicht weiter nach.

Ich wusste nicht, was ich komplizierter finden sollte: ein Vater, der tot war und nie wieder mit einem lachen und singen konnte, und eine Mutter, die vor lauter eigenen Sorgen und Freundinnenkummer unerbittlich streng geworden war, weil sie ihr Herz eingesperrt hatte. Oder Eltern, die sich einfach aus beruflichen Gründen für ein Jahr ins Ausland verabschiedeten und sich augenscheinlich kaum kümmerten. Denen es egal zu sein schien, dass Tilda auf Weltreise und ihre Tochter komplett auf sich alleine gestellt war. Ohne Familie, ohne Geschwister. Und ohne Freundin.

Shark war unglaublich einsam, das wurde mir in diesem Moment so schmerzlich klar, dass ich lauter feine Nadelstiche in meiner Brust spürte. So einsam, wie ich mich immer gefühlt hatte, bevor wir uns kennenlernten. Und so einsam wie Mama ohne Papa *und* ohne Geraldine. Weil ich nicht wusste, was ich sagen sollte, rückte ich einfach nur ein Stückchen näher an sie heran und legte meinen Arm um ihre Schulter. Und da passierte es: Die unglaublich toughe, verrückte, kluge, einfallsreiche, geniale Sophie Hyazinth Amanda Ricarda Kornelius legte ihren Kopf an meine Schultern, sodass mich ihre wirren Haare in der Nase kitzelten, und ließ sich von mir trösten. Genauer gesagt, schwappte eine Freundschaftswelle aus meinem Bauch in ihren und von ihrem zurück in meinen, die uns warm umhüllte und für immer verband. Wir waren wie zwei Glücks leuchtende Guppys in einem dunklen Aquarium.

Ich weiß nicht mehr, wie lange wir in jener Nacht so nah beieinander saßen. Irgendwann war es uns zu kalt geworden, sodass wir wie zwei Schlafwandlerinnen zurück ins Haus geschlüpft waren und uns mit einem verschwörerischen Lächeln verabschiedet hatten. Wie richtige Freundinnen, die nie im Leben etwas trennen können würde, weil wir ab heute unsere Geheimnisse kannten.

Ich lag längst im Bett und tief in meine Decke gekuschelt, da wurde ich noch mal wach, weil minziger Schokoladenduft an meiner Nase kitzelte.

Minzige Trostmuffins

125 g Butter mit 75 g Zucker, 1 Päckchen Vanillezucker und 2 Eiern verrühren. Dann 100 g Mehl und 1 TL Backpulver hinzufügen sowie 50 g gemahlene Mandeln. Zum Schluss 75 g Schoko-Minz-Täfelchen hacken und unter den Teig ziehen. Je 2 EL in Muffinförmchen füllen und bei 180 °C ca. 15–20 Minuten backen. Nach dem Erkalten mit Schokoglasur und frischen Pfefferminzblättchen verzieren.

»Geraldine« war mein erster Gedanke beim Aufwachen und da wusste ich, was ich zu tun hatte. Mama brauchte eine Freundin, damit sie nicht mehr so alleine war – und dann würde alles, alles gut! Das wäre zwar nicht ganz Sharks Kitschfilm, aber als Variante sicherlich erlaubt.

Ich würde Mama außerdem die Sache mit dem Chor beichten und ihr erzählen, wie gemein Marie, Özge und Katharina immer zu mir waren, und dann würde sie mir hoffentlich alles vergeben und verzeihen. Schließlich war sie meine Mutter. Und das war ja auch so ein Kitschfilm-Ding: verzeihen.

Halt, nein, stopp, das würde ich nicht, denn dann müsste ich ihr auch gleichzeitig beichten, was ich alles angestellt hatte. Angefangen bei den Süßigkeitenbomben für die Flüchtlingskinder über Özges Dauer-Gestank bis hin zu den Nacktschnecken in Maries Spind, die ja für einiges Aufsehen in der Schule gesorgt hatten.

Zu meiner Genugtuung hatte Marie nämlich ordentlich Ärger kassiert. Und zwar wegen Sachbeschädigung fremden Eigentums, weil die Schnecken eine fiese, klebrige, ätzende Schleimspur auf dem Metall hinterlassen hatten. Jetzt war sie in Erklärungsnot, weil gleichzeitig bekannt wurde, dass sie für ein Experiment im Bio-Unterricht Schnecken hätte sammeln sollen ... Aber statt zwei feinen, kleinen, lieben Exemplaren hätte sie gleich Tausende angeschleppt und die Einrichtung demoliert, wie sich der Hausmeister ausdrückte. So ein Zufall aber auch. Also, stopp, zurück. Mama musste ja auch nicht alles wissen. Nur das mit dem Solo musste ich ihr irgendwann so schonend wie möglich beibringen. Dringend. Sehr. Dringend.

Gleich nach der Schule und der Nachhaltigkeits-AG, Oskar massieren und Suppe kochen setzte ich mich an meinen Laptop und suchte im Internet nach Geraldines Namen. Natürlich gab es jede Menge Geraldines. Aber nur eine Geraldine Harper, die Sängerin war. Sie hatte sogar einen Wikipedia-Eintrag, eine Facebook-Seite und einen eigenen Internetauftritt, denn sie war – mir stockte der Atem, ich konnte es kaum glauben, ich dachte, ich spring vom Stuhl – mittlerweile eine erfolgreiche Sängerin, bejubelt auf den Bühnen der Welt, wie die unzähligen Fotos und Posts zeigten. Ich erkannte sie sofort an ihrem Lächeln wieder. Offensichtlich hatte sie in Frankreich Karriere gemacht und sorgte gerade hierzulande für Furore. Denn, und jetzt kippte ich wirklich weg, sie würde ein Konzert geben, hier ganz in der Nähe. Atemlos öffnete ich den Link, es würde in einigen Wochen stattfinden – und es gab sogar noch Karten.

»Das ist eine geniale Idee. Grandios!!!«, freute sich Shark mit mir. Ich war sofort zu ihr gegangen und hatte ihr bei einem Rote-Bete-Saft von meiner Entdeckung erzählt. Sie klatschte begeistert in die Hände, sodass Pepper erschrocken mit einem empörten *Tschick-Tschack!* aufflatterte. Lachend versuchte Shark, sie einzufangen, was ziemlich ulkig aussah, weil sie dabei allerbestens gelaunt auf den Händen lief, wobei ihre Strähne hin- und herbaumelte und die Fransen ihrer Leggings wippten.

»Aber woher bekomme ich so viel Geld?«, fragte ich. »Die Karten sind richtig, richtig teuer.«

»Kannst meine 30-Euro-Scheine haben!« Shark grinste breit und mir fiel auf, dass ihre Haare heute endlich wieder richtig zu Berge standen. Was allerdings daran liegen konnte, dass sie sich wieder aufgerichtet hatte. Oder an ihren rosa-lila-violett-purpur gemusterten Leggings.

»Du spinnst«, kicherte ich und pfefferte ihr eine Rote Bete an den Kopf, woraufhin sie theatralisch zusammensank.

»Okay, dann nimm die 60er!«

»Und wo finde ich sie?«, ging ich auf ihr Spiel ein und war mir doch nicht sicher, ob sie es ernst meinte, denn sie lag immer noch irgendwie sehr verrenkt am Boden.

»Im Küchenschrank im Milchtopf neben den 25ern, wo sonst!«, prustete sie und sprang auf, um selbst nachzusehen. Tassen, Töpfe, Gläser, Handtücher, Kerzenleuchter, Siebe, Schüsseln, sie förderte alles Mögliche zutage, nur keinen Milchtopf.

»Verstehe ich nicht! Gestern waren sie noch da, als ich sie gezählt habe.« Shark verzog ihr Gesicht und ich fragte mich jetzt ernsthaft, ob die Rote-Bete-Bombe bei ihr irgendwelche Schäden angerichtet hatte. Sie stand mitten in einem Berg von Küchengeschirr und schien verwirrt.

»Ich werde mein Sparschwein plündern«, sagte ich entschlossen und sprang aus der Hängematte. »Und dann werde ich für Mama ein Ticket kaufen und sie trifft endlich Geraldine wieder und dann ...«

»... lacht sie plötzlich und gibt gute Noten und alle wollen mit dir als Lehrerinnenkind befreundet sein! Hurra!«

»Bingo!« Ich ließ sie einfach in ihrem Chaos stehen und lief in unsere Wohnung zurück. Aber in meinem Sparschwein herrschte Ebbe, nur ein paar Kupfermünzen klimperten darin herum, damit würde ich nie im Leben eine Eintrittskarte kaufen können. Ungünstig.

Also lief ich wieder zu Shark zurück, die immer noch zwischen all dem Geschirr in der Küche stand. Auf einem Bein, wie ein Flamingo.

»Also, wenn das mit *meinen* Scheinen nicht klappt«, Shark kicherte und Pepper gleich mit, »dann musst *du* eben Geld verdienen.«

»Aha, und wie?«

»Du bist doch gut in Mathe und all dem Kram, du könntest Nachhilfe geben.«

»Vergiss es. Niemand in der Schule möchte, dass ausgerechnet *ich* ihm Nachhilfe gebe.« Ich schüttelte den Kopf.

»Du könntest für den Pistorius Einkäufe erledigen!« Shark grinste mich an und ich dachte, jetzt ist sie wirklich gaga.

»War nur ein Scherz«, fügte sie hinzu, als sie meinen entsetzten Blick bemerkte.

»Aber das mit dem Einkaufen ist gar keine so schlechte Idee! Oma Hilde ist doch so schlecht zu Fuß«, überlegte ich laut. »Ich gehe gleich zu ihr hoch und frage nach. Wäre doch gelacht, wenn wir die paar Kröten nicht zusammenbekämen …« Zuversichtlich lächelte ich sie an. Vielleicht war es gar nicht so blöd, eine verrückt-geniale Freundin zu haben.

Moneten, Groschen, Steine, Kies, Moos,
Mäuse, Zaster, Zunder, Knete, Pinkepinke,
Kröten, Pulver, Lappen, Eier, Kohle, Piepen, Koks,
Schotter, Taler, Asche, Öcken, Rubel, Moos

19

Gut gelaunt stand ich vor meinem Spiegel, drehte mich mal nach links, mal nach rechts, mal im Kreis und betrachtete mich von allen Seiten. Was ich sah, gefiel mir. Shark hatte mir einen silberfarbenen Minirock ausgeliehen und Leggings mit pink-schwarzem Rautenmuster. Dazu trug ich einen schwarzen Rollkragenpulli und fand mich unglaublich cool.

»Kleider machen eben doch Leute«, murmelte ich und schickte insgeheim einen Gruß an Mama, die mein Outfit ganz bestimmt nicht gutheißen würde. Wie oft hatte sie mich beschworen, mich nicht nur nach meinem Äußeren beurteilen zu lassen! *Auf die inneren Werte kommt es an!*, hörte ich ihre Stimme mantramäßig in meinem Ohr. *Lerne was! Mach dich nicht von der Beurteilung anderer abhängig! Du bist gut, so wie du bist!*

»Schon klar, liebe Mama«, flüsterte ich und zwinkerte meinem Spiegelbild zu. »Aber manchmal kommt es auch auf die Verpackung an! Das habe ich jetzt kapiert. Oder wie war das noch mal mit den Kongruenzsätzen q. e. d.!?!«

Grinsend zupfte ich mir meine Haare zurecht. Shark hatte mir gestern noch in einer sehr witzigen Nacht- und Nebelaktion einen Pony geschnitten, der mir jetzt fransig in die Stirn fiel. Da ich heute erst zur dritten Stunde Unterricht hatte, kam ich auch unbehelligt und ohne Mama-Kommentare aus dem Haus. Na ja, nicht ganz. Elyas aus dem Erdgeschoss trat gerade aus der Wohnung, als ich die Treppe hinunterrannte, um den Bus doch noch rechtzeitig zu bekommen.

»Hey, wie geht's«, begrüßte er mich und da musste ich erst mal stehen bleiben, um zu gucken, wer da überhaupt mit mir spricht. Mit Elyas hatte ich das letzte Mal in der Sandkiste im Hinterhof gespielt, äh: gesprochen, da waren wir fünf Jahre alt gewesen und er hatte mich heldenhaft mit seiner Schippe vor dem Nachbarsjungen Pit verteidigt. Damals war seine Stimme deutlich heller gewesen – er aber auch deutlich kleiner.

»Hey, alles klar«, grüßte ich möglichst locker zurück und lief rasch an ihm vorbei. Konnte es sein, dass wir öfter den gleichen Bus nahmen und zur gleichen Schule gingen? Bisher war er mir nicht aufgefallen. Und ich ihm offensichtlich auch nicht. Verlegen grinsend wünschten wir uns gegenseitig einen schönen Tag.

»Oha, gehst du später noch in die Disco?«, fragte Jonas, als er mich in meinem neuen, coolen Aufzug erblickte und darüber glatt vergaß, in sein Hummusbrot zu beißen.

»Das heißt nicht Disco, sondern Klub«, antwortete ich lässig und ging einfach an ihm vorbei, auch Suzus erstaunten Blick ließ ich einfach an mir abgleiten. Sollten sie doch alle glotzen, so viel sie wollten. Sonst kümmerten sie sich ja auch nicht um mich und scherten sich nicht darum, wenn mich die MÖKs ärgerten, sondern guckten erst recht weg, damit sie sich bloß nicht einmischen mussten.

Aber heute war alles anders. Echt jetzt. Nur weil ich einen kurzen Silberrock trug?!

Pia, Leonie, Vanessa und Michelle kamen in der Pause zu mir und fragten mich, wo ich denn das stylische Teil gekauft hätte.

Paul aus meiner Klasse wollte wissen, ob ich ihm noch mal Mathe erklärte, er hätte da was nicht kapiert. Dabei war ich mir sicher, dass er die Sache mit den Dreiecktransversalen längst verstanden hatte. Er machte das nur, um mir dabei ständig auf die Beine zu glotzen. Langsam kapierte ich, was meine Mutter mir immer wieder zu sagen versucht hatte. Und trotzdem. Ich fühlte mich heute großartig und froh wie nie.

Nach der Schule kümmerte ich mich dann sofort um Oma Hildes Einkäufe. Gleich gestern noch hatte ich bei ihr geklingelt und ihr meine Unterstützung angeboten, die sie freudestrahlend angenommen hatte. Ihr Knie machte ihr aktuell schwer zu schaffen und sie war froh, wenn sie sich nicht viel bewegen oder gar Treppen laufen musste.

»Kindchen, Kindchen, ich danke dir«, sagte sie ein ums andere Mal, als ich ihr jetzt die vollen Einkaufstüten in die Küche stellte und ihr beim Auspacken half. Schokokekse, Schokopudding, Schokobonbons, Schoko-Cognackirschen ... ein bisschen Butter, Toast und Aufschnitt waren auch dabei.

»Kann ich sonst noch etwas für Sie tun? Aufräumen, bügeln, Fenster putzen?«, fragte ich und dachte an die teuren Karten. Ich hatte nur noch wenige Tage, um sie zu organisieren, und konnte nur hoffen, dass das Konzert nicht ausverkauft war.

»Ach, Kindchen, dich schickt der Himmel«, wiederholte sich Oma Hilde, ging an den Schrank und zog aus einer Schublade einen Stapel Zettel hervor. »Hier, das sind alles Pakete, die ich noch von der Post abholen soll.«

»So viele?«, staunte ich und verkniff mir die neugierige Frage, was um Himmels willen sie denn alles bestellt hatte.

»Ich mache immer bei Preisausschreiben mit«, kicherte sie und nahm sich eine Schnapspraline. »Hier, magst du auch?« Sie hielt mir die Packung hin.

»Und das sind alles Ihre Gewinne?«, staunte ich und wehrte dankend ab. Cognackirschen!

»Klar, was denkst du denn!« Sie nahm sich noch eine zweite Praline, drückte mir einen Geldschein in die Hand und öffnete mir die Tür. »Aber die orangenen Päckchen lässt du gleich zurückgehen, da ist immer so Sexkram drin.« Oma Hilde kicherte abermals und ich fragte lieber nicht weiter.

Also kehrte ich eine Stunde später mit acht Päckchen zurück und schleppte sie die Treppe hoch. Es waren drei große, zwei mittlere und drei kleine. Neugierig wollte ich beim Auspacken dabei sein, aber Oma Hilde schob mich zur Tür hinaus. Jedoch nicht, ohne mir vorher einen weiteren Schein zuzustecken.

»Bis morgen«, rief ich und hoffte, dass Oma Hilde noch bei ganz vielen Preisausschreiben gewinnen würde.

Zurück in unsrer Wohnung zählte ich rasch die Scheine und versteckte sie unter meinem Kopfkissen. Mir fehlten noch zwanzig Euro! Aber ich hatte ja auch noch ein paar Tage Zeit.

Mit diesem tröstlichen Gedanken kümmerte ich mich den restlichen Nachmittag gemeinsam mit Oskar um seine Guppys und Darios, die mal wieder frisches Wasser benötigten. »Was hast du denn bei Oma Hilde gemacht?«, wollte Oskar wissen, während wir seine Minifische einsammelten. »Und dazu noch in diesem Aufzug.« Er scannte mich von oben bis unten und zum dritten Mal an diesem Tag fiel mir auf, dass Jungs offensichtlich doch so einfach gestrickt waren, wie Mama immer behauptete. Selbst mein klitzekleiner Bruder mit seinen zehn Jahren.

»Cool, oder?«, antwortete ich einfach und ließ den Kies vom Aquarium durch meine Hände rieseln.

»Sharks Idee, oder?«, fragte er zurück. Und dann sagten wir nichts mehr.

Eigentlich wäre das der Augenblick gewesen, in dem ich ihm von Geraldine hätte erzählen müssen. Aber mir war es sowieso schon unangenehm gewesen, dass er von unserer Ole-Mama-Verkupplungs-Idee wusste, wenn auch nur die halbe Wahrheit. Die Filmaufnahmen hatte ich gelöscht und ihm erzählt, dass die beiden sich endlos lang über Krankheiten unterhalten hätten. Da hatte Oskar nicht mehr wissen wollen.

»Mama hat immer noch keine bessere Laune«, stellte er nach einer Weile fest, in der er fieberhaft den Kies geschrubbt hatte. »Weißt du, ich habe ausführlich darüber nachgedacht, aber mit mir hat das nichts zu tun! Schau mal, ich bin sogar in den letzten zwei Monaten einen Zentimeter gewachsen!«

»Wenn das so weitergeht, nenne ich dich noch Langer Lulatsch!« Vor lauter Rührung musste ich ihn rasch an mich drücken. Nein, Oskar war nicht an Mamas schlechter Laune schuld, ganzganzganz bestimmt nicht.

Aufrecht gehen, aufrecht stehen, das hast du mir beigebracht, und ich verfluche die Tage, an denen ich es nicht schaffe. Weil ich mich klein und mickrig fühle, weil ich mich hässlich fühle, weil ich denke, niemand will etwas mit mir zu tun haben und meine Meinung wissen. Dann falle ich in mich zusammen wie ein Soufflé, wabere wie ein Tintenfisch ohne Schild durch den Tag, unfähig, mich zu wehren, zu diskutieren, für mich einzustehen. Dann wünschte ich, du wärest in meiner Nähe und würdest mich trösten, einfach so. Ohne Wenn und Aber.

Dann ging alles ganz schnell, wie in einer Zeitmaschine, viel zu schnell, und ich kam mit dem Denken nicht hinterher. Ich ging zur Schule und den MÖKs sicherheitshalber nach wie vor aus dem Weg, holte für Oma Hilde Cognackirschen und Pakete – und übte ehrgeizig für meinen Auftritt. Ich würde die beste Performance aller Zeiten hinlegen, alle würden mich hören, sehen und staunen – selbst Mama. Die Stimme vom Online-Programm kam mit Sternchen, Herzchen, Regenbogen und Applausklatschen kaum hinterher und auch die Okarina war begeistert.

Shark ging jetzt regelmäßig zur Schule. Seit unserer Nacktschneckenaktion schien sie mir seltsam verändert. Vielleicht fand ich es auch nur ungewöhnlich, dass sie ganz normale Dinge tat, die andere normale Menschen auch taten. Nämlich lernen und Hausaufgaben machen, sie stritt sich auch nicht mehr mit den Lehrern wegen Kommasetzung oder inkorrekter Formeln. Zum Glück war die desinfektiöse Przybilla bisher nicht wieder aufgetaucht, sodass Shark unbehelligt von blöden Fragen blieb und kein Hahn danach krähte, dass in ihrer Wohnung noch im Winter Sommerblumen wuchsen und im Badezimmer ein Wasserfall plätscherte.

Das waren die Besonderheiten. Wie gesagt, Shark wirkte auf mich ungewöhnlich brav, selbst mit Herrn Nüsslein-Büchsenschütz stritt sie in der Englischstunde nicht mehr herum. Konnte natürlich auch sein, dass alle mittlerweile einen großen Bogen um sie machten, weil jeder ihre Stärke und scharfzüngigen Bemerkungen fürchtete.

Ich war jedenfalls froh, sie an meiner Seite zu wissen, auch wenn mich Marie, Özge und Katharina bisher in Ruhe ließen. Jeden Abend, wenn meine Mutter schlecht gelaunt beim Abendesssen saß, zählte ich in Gedanken mein Geld. Noch zehn Euro und ich könnte die Karte kaufen!

Endlich war es so weit! Ich hatte für Oma Hilde zwei extragroße Pakete die Treppe hochgeschleppt und sie hatte mir zum Dank einen Zwanziger spendiert. Und während sie jetzt glücklich ihre gewonnene Luxus-Heizdecke ausprobierte und dabei eine Schachtel Cognackirschen verdrückte, machte ich mich auf den Weg zum Veranstaltungsbüro. Laut vor mich hinsingend – ich übte das »Youuuuu-Finale« von *All I want for Christmas* –, marschierte ich durch den Park. Es war trübe, grau und regnerisch und es waren kaum Menschen unterwegs. Ab und zu hüpfte ich mit meinen, äh: Sharks Gummistiefeln durch eine Pfütze, aber das war es dann auch schon mit Spaß. Fröstelnd zog ich meine Jacke zu und tastete nach meiner Umhängetasche. Was Mama wohl sagen würde, wenn sie das Ticket in den Händen hielt und ihre ehemalige beste Freundin wiedertreffen würde? Ich war so ins Gesinge und in meine Gedanken versunken, dass ich nicht bemerkte, wie drei Gestalten hinter einem Busch hervorsprangen und mir den Weg verstellten.

»Ha, haben wir dich!«, riefen sie.

Erschrocken blickte ich in die Gesichter von Marie, Özge und Katharina. Sie waren schwarz gekleidet und trugen Tücher über den Nasen, die Kapuzen tief über den Kopf gezogen. Wie in einem schlechten Gangsterfilm standen sie da, es fehlten nur noch die Pistolen im Anschlag. Ich war in einen Hinterhalt geraten. Sie hatten mich umzingelt. Panisch blickte ich mich um. Weit und breit war niemand, der mir helfen konnte.

»Was wollt ihr?«, fragte ich mit fester Stimme und wollte an ihnen vorbeigehen.

»Glaubst du, du kommst so einfach davon?« Marie verstellte mir breitbeinig den Weg.

»Denkst du, wir wüssten nicht, wer hinter all dem steckt!« Özge verschränkte die Arme vor der Brust und warf ihre langen Haare zurück.

»Da musst du dir schon etwas anderes einfallen lassen«, meinte Katharina und grinste fies.

»Keine Sorge, bin bereits dabei!«, ging ich dummerweise auf ihre provozierende Bemerkung ein. Meine Beine begannen zu zittern, Angst kroch in mir hoch. Ich stand hier im Park, mutterseelenalleine mit den drei gemeinsten, fiesesten, hinterhältigsten Mädchen der Schule, die sich durch nichts hatten einschüchtern und stoppen lassen. Im Gegenteil. Es schien, als ob meine kleinen Racheaktionen sie jetzt erst recht zur Höchstform anstachelten.

»Stimmt ja, seit Neuestem trägst du keine Altkleider

mehr!« Marie zupfte so heftig an meinem Silberrock, dass er mir von der Hüfte rutschte.

»Jetzt lass mich vorbei, ich habe noch etwas zu erledigen!« Ich zog den Rock wieder hoch, blickte Marie fest in die Augen und wollte an ihr vorbei.

Doch Özge hielt mich am Arm fest, dabei riss sie mir die Tasche von der Schulter. Sie fiel zu Boden, Handy samt Portemonnaie purzelten heraus.

»Na, was haben wir denn da?« Ehe ich reagieren konnte, hatte sich Özge gebückt und die Scheine eingesammelt. »Fünfzig Euro, aber hallo! Und ein Smartphone, wie wunderbar.«

»Das behalten wir. Sozusagen als Entschädigung ... du weißt schon, wofür. Wir haben keine Lust mehr auf deine kleinen Spielchen, verstanden!«, meinte Marie mit eiskalter Stimme.

»Nein, bitte, das könnt ihr nicht machen! Das Geld habe ich mühsam verdient«, stammelte ich. »Ich will davon eine Konzertkarte für meine Mutter kaufen, als Überraschung ... Geraldine Harper ist ihre beste Freundin.«

Özge hielt abrupt in der Bewegung inne, zog sich das Tuch vom Gesicht und blickte mich überrascht an. »Was? Frau Diktator und Geraldine Harper sind Freundinnen?«, hakte sie neugierig nach, aber dann war der Moment auch schon vorbei, denn Katharina hatte energisch meine Sachen an sich gerissen.

»Bitte, gib mir das Geld wieder ...«, stammelte ich. Aber

zu spät, ich hatte verloren. Drei gegen eine, da hatte ich keine Chance.

Ich nickte stumm, den Tränen nahe, schon wieder. Und ich weinte nie. Eigentlich.

Aufstehen, Krönchen richten, weitergehen, hast du mir immer gesagt und: Sei frech und wild und wunderbar. Also bin ich frech und wild und wunderbar! Hat den Nachteil, dass ich keine Freundinnen habe, weil die alle brav und angepasst sind und sich nicht trauen, wild zu sein. Und dass ich in der Schule und bei den Leuten im Haus ständig anecke, weil ich nicht »normal« bin. Weil ich meine eigene Meinung vertrete. Weil ich nicht immer mache, was mir die anderen sagen ... Deswegen bekomme ich schlechte Noten und muss mir stundenlange Vorträge darüber anhören, dass ich auf diesem Wege nichts erreiche. »Aus dir wird nie etwas!«, sagen sie und vergessen, dass ich überhaupt nichts werden will, sondern schon bin.

20

»Oje, was ist mit dir passiert, geht es dir gut?« Elyas hielt mir besorgt die Haustür auf, als ich im Möbiusweg den Eingang hochschlich. Ich fühlte mich wie ein Schredder-Fisch, mein Gesicht glühte, hinter meiner Stirn hämmerte es. All die Ideen, die Anstrengungen der letzten Wochen: einfach weg, futsch, geklaut von den drei gemeinsten, fiesesten Mädchen der Welt. Solange die drei es auf mich abgesehen hatten, so lange würde ich meines Lebens nicht mehr froh, so viel war klar. Da war es fast egal, dass Mama auch noch die übelst gelaunte Lehrerin der Schule war. Sie hatten es nach wie vor auf mich abgesehen. Und daran würde nichts und niemand etwas ändern. Kein Ole. Keine Geraldine. Und auch nicht Shark.

»Geht schon«, beeilte ich mich zu sagen und huschte schnell an Elyas vorbei. Was hätte ich ihm auch erklären sollen? Dass seine Schwester die fieseste Kuh aller Zeiten war? Ich musste jetzt unbedingt alleine sein und wollte mit niemandem sprechen. Ich lief rasch die Treppe nach oben hinauf aufs Dach. Zu meiner Verwunderung war die Tür angelehnt, und als ich um die Ecke lugte, entdeckte ich Shark. Sie trug einen knallroten Regenmantel und war dabei, lauter bunte Fische in die Dachrinne zu setzen. Shark wirkte so in sich versunken und murmelte irgendetwas vor sich hin, dass ich es nicht wagte, sie zu stören, und lieber rasch zurück ins Treppenhaus lief.

Mama empfing mich beim Aufschließen mit vorwurfsvoller Miene. »Wo warst du so lange? Ich habe mir schon Sorgen gemacht!«, pflaumte sie mich an. »Oskar ist hier ganz alleine! Und die Küche ... um Himmels willen, was ist passiert?« Sie hielt mitten in ihrer Schimpftirade inne und musterte mich von oben bis unten, ich musste ein jämmerliches Bild abgeben, wie ich da so stand, völlig durchnässt und durchgefroren, mit zerrissenem Rock und löchrigen Leggings in den knalltürkisfarbenen Gummistiefeln.

»Alles okay mit dir? Komm, geh unter die heiße Dusche und zieh dich um, und dann erzählst du mir alles.« Mama wartete meine Antwort nicht ab, sondern schob mich ins Badezimmer und wie ein zahmes Hündchen folgte ich. So viel mütterliche Fürsorge war ich überhaupt nicht gewöhnt. Zehn Minuten später hockte ich dick eingekuschelt auf dem Sofa, trug Wollsocken an den Füßen und hielt einen Becher dampfend heißen Kakao in der Hand. Fast so gemütlich wie bei Shark, dachte ich, schloss die Augen und dämmerte einen Moment lang weg. Ich fühlte Mamas besorgte Hand auf meiner Stirn, sie murmelte etwas von wegen Fieber.

»Was ist passiert? Willst du es mir nicht erzählen? Danach fühlst du dich sicher besser«, fragte sie behutsam nach, ihre Stimme klang ganz sanft. So, wie sie sonst immer mit Oskar sprach, wenn der Schmerzen in seinen Gelenken hatte oder sich weigerte, seine Medizin zu nehmen. Wattig-wohlig drangen ihre Worte in mein Ohr und ich war kurz davor, ihr mein Herz auszuschütten und von meinen Sorgen zu erzählen. Doch dann schüttelte ich nur den Kopf. Wenn Mama wüsste, wie gemein die MÖKs zu mir waren, würden sie einen Verweis erhalten – und ich erst recht Ärger mit ihnen bekommen. Vor allem, wenn rauskam, dass Özge so fies mitmischte. Wo sie doch bei uns im Haus wohnte und Mama auf gute Nachbarschaft bestand, vor allem, seit diese ausländerfeindlichen Parolen an unserer Hauswand aufgetaucht waren. Und erst recht, weil sie sich wieder mit Ole traf, dessen Einladung zum Kaffeetrinken sie seit dem missglückten Date neulich angenommen hatte, weil sich dieser mit einem Rosenstrauß sehr charmant für die »schlechte Schokolade« bei ihr entschuldigt hatte. Diesmal würde es Streuselkuchen geben.

»Mach dir keine Sorgen wegen der Weihnachtsaufführung, Linn«, meinte Mama mit leiser Stimme. »Bis dahin bist du längst wieder gesund und singst das beste Solo aller Zeiten.«

»Woher weißt du …?« Ich schaffte es in meinem Dämmerzustand nur, ein halbes Auge zu öffnen. Träumte ich oder klang Mamas Stimme überhaupt nicht mehr nach Pfeilgiftfrosch, sondern eher nach Plüschkatze?!

Mama drückte meine Hand. »Ich bin vielleicht streng, aber nicht blöd. Frau Herpel hat mir doch längst von deinem Chorprojekt erzählt.«

»Und du hast nichts dagegen?«, krächzte ich. Mein Hals brannte höllisch.

»Wie könnte ich! Du hast nun mal das große Talent von deinem Vater geerbt ... und den Ehrgeiz von mir ...« Ihre letzten Worte hörte ich fast nicht mehr. Mama erlaubte mir das Solo!, war alles was ich denken konnte. Jetzt wurde alles gut! Denn als Mama ihren Arm um mich schlang und mir ihre kühle Hand auf die pochende Stirn legte, tat alles nur noch halb so weh. Dankbar kuschelte ich mich an sie – und schlief sofort ein.

Tatsächlich lag ich zwei komplette Wochen lang krank im Bett. Grippe total, mit Fieber, Kopf- und Halsweh, Dauerhusten und allem, was dazugehörte. In meinem Fieberwahn bekam ich nicht mit, dass mich Mama umsorgte, als wäre ich so winzig wie Oskar, sie hatte sich sogar drei Tage wegen mir krankschreiben lassen. Stand es wirklich so schlimm um mich?! Aber mein Kopf dröhnte und alles drehte sich, ich war froh, wenn ich nicht aufstehen musste, um aufs Klo zu gehen. Doch eines Tages, da fühlte ich mich schon ein bisschen besser, reichte mir Oskar einen weißen Umschlag.

»Hier, für dich, der lag im Briefkasten«, nuschelte er und wartete ungeduldig, bis ich mich zwischen meinem Bettenberg und den zerknäulten Rotzfahnen aufgerichtet hatte. Aber ich tat dem kleinen Neugierfritzen nicht den Gefallen, den Umschlag in seiner Gegenwart zu öffnen, sondern wartete, bis er mit Mama zum Ergotherapeuten abgezwitschert war. Ich hatte nämlich die Schrift erkannt, auch wenn mein Name absichtlich krumm und quer und verstellt geschrieben war, und war gespannt auf die Nachricht.

Um es kurz zu machen: Es gab keine. Nur fünf Zehn-Euro-Scheine, die mir entgegenflatterten, und da war mir dann alles klar.

Am Tag der Aufführung war ich zum Glück wieder richtig gesund. So konnte ich noch rechtzeitig vorher das Konzertticket für Mama kaufen. Die Okarina hatte mir eine Karte mit tausend Genesungswünschen geschrieben, sie hoffte sehr, dass ihr »Highlight des Abends«, wie sie sich ausdrückte, seine Stimme wieder fände. Aber da konnte ich sie beruhigen. Nachdem Fieber und Husten so plötzlich abklangen, wie sie aufgetaucht waren, fühlte ich mich wieder prima und hatte meinen Part hundertprozentig im Griff. Mama wirkte seit unserem Gespräch wie ausgewechselt. Konnte natürlich auch an Ole liegen, mit dem sie schon wieder verabredet war. Diesmal zum Tee.

Shark hatte mich während meiner Krankheit jeden Tag besucht und es i-r-g-e-n-d-w-i-e geschafft, dass Mama nichts dagegen hatte. Ob es daran lag, dass sie sich so adrett wie die desinfektiöse Przybilla verhielt, oder an ihrem ordentlichen Zopf, den sie sich geflochten hatte, vermochte ich nicht zu sagen. Oder an den köstlichen Cake-Pops, die sie mitbrachte und die bei Mama ein verzücktes Lächeln hervorriefen. Oder daran, dass sie mit mir Vier gewinnt bis zum Abwinken spielte – mich jedoch niemals absichtlich gewinnen ließ. Vielleicht lag es aber auch einfach an der guten Laune, die Shark verbreitete, sobald sie zur Tür hineinsockte (stiefeln konnte sie nicht, die Schuhe mussten draußen bleiben) und mit ihren Smiley-Leggings lauter Lacher in unsere Wohnung brachte.

Vergnügt vor uns hin singend, gingen Shark und ich also los und besorgten eine Eintrittskarte für das Konzert. Wir hatten in ihrem Kleiderschrank so lange herumgewühlt, bis wir das passende Outfit gefunden hatten, das uns für unsere Ticket-Aktion geeignet schien: Shark hatte orange-türkise, ich rosa-grüne Rauten-Ringel-Leggings an, darüber trugen wir kurze Jacken über langen schwarzen Hoodies. Manch einer hätte uns für Zwillinge halten können. Die eine mit schwarzem Messy Bun, die andere mit einem blonden. Und bei jeder lugte eine karierte Strähne hervor …

»Deine Mutter wird Augen machen! Und du gleich auch …«, meinte Shark, als wir auf dem Heimweg durch das Schneegestöber im Park zurückliefen. Pünktlich zum ersten Adventswochenende überzuckerte eine feine weiße Schicht Wiesen und Bäume. Ehe ich mich versah, hatte Shark sich gebückt, einen Schneeball geformt und mir in den Kragen gesteckt.

»Hey, na warte!« Ich fackelte nicht lange und schmiss

ihr eine gut geformte Schneebombe hinterher. Natürlich war sie gleich losgeflitzt, ich konnte ihre orange-türkisfarbenen Leggings-Beine deutlich im Schnee erkennen und wie sie versuchte, mir auszuweichen. Aber gegen mich hatte sie keine Chance. Einmal große Schwester, immer große Schwester, selbst mit Oskar hatte ich nie Mitleid. Ich zielte und pfefferte und traf immer ganz genau. Auch jetzt.

Irgendwann gab Shark auf. »Peace please!«, rief sie nach Luft schnappend, ihr Dutt hatte sich längst aufgelöst. Sie ließ sich rücklings in den Schnee plumpsen und flatterte mit den Armen wild hin und her. Kichernd ließ ich mich neben sie fallen und tat es ihr nach. Als ich den Kopf drehte und zu ihr hinübersah, erwischte ich dieses vertraute Shark-Blinzeln aus ihren Augen.

»Hey, du verrückter Schneeengel, schön, dass es dich gibt«, flüsterte sie und griff nach meiner Hand. Ich drückte sie fest.

Mit roten Gesichtern und eiskalten Fingern rannten wir dann in den Möbiusweg zurück, der Pistorius schaufelte gerade den Gehweg frei. Elyas half ihm freundlicherweise dabei, wir grüßten uns lächelnd. Weil sein Grinsen meine Wangen noch mehr zum Glühen brachte, vergaß ich, ihm Shark vorzustellen.

»Check!«, klatschte Shark ab, als wir vor ihrer Wohnungstür standen, und sah mich unschlüssig an, als wollte sie noch etwas fragen. »Ich muss dann mal!«

»Bingo!«, klatschte ich zurück und verstand erst sehr viel später, wie ihre Worte gemeint waren.

Mir blieb sowieso nicht viel Zeit, darüber nachzudenken, denn gerade als ich mich oben aus meiner klitschnassen Jacke geschält hatte, kam meine Mutter nach Hause. Jetzt oder nie! Nicht nachdenken, machen.

»Hier!«, sagte ich also ohne Umschweife und reichte ihr die Konzertkarte. »Für dich! Ein vorgezogenes Weihnachtsgeschenk.«

»Für mich?!«

»Für Mama?« Oskar hatte natürlich Wind von der Sache bekommen und stand neugierig im Flur, in der Hand hielt er noch seinen Füller, wahrscheinlich hatte er gerade wieder einen seiner charmanten Liebesbriefe geschrieben. Mama las mit großen Augen.

»Geraldine Harper! Ich glaub's nicht, eine Konzertkarte! Woher hast du ...«, flüsterte Mama tonlos und musste sich erst mal setzen.

Ich nickte und konnte nicht vermeiden, dass ich mich in diesem Augenblick unglaublich stolz und glücklich fühlte, insgeheim warf ich dem Flurspiegel ein verschmitztes Zwinkerauge zu. Meine Wangen glühten immer noch.

»Woher weißt du, dass sie meine ... äh: Lieblingsmusikerin ist?«, fragte Mama.

»Na, du hast doch einen ganzen Stapel CDs von ihr. Und neulich hast du das Radio ganz laut gestellt ... und weil jetzt überall Plakate von ihr hängen, dachte ich ...«, beeilte ich mich zu sagen. Ich konnte Mama ja schlecht gestehen, dass ich heimlich ihre Briefe gelesen hatte.

»Das hast du gut gemacht«, meinte sie und es klang

ehrlich, gar nicht so nach Lehrerin, die einen lobt, sondern voll und ganz echt nach Mama. Dann fasste sie meine Hand, drückte sie fest und fügte hinzu:

»Es tut mir leid, dass ich so … gemein zu dir war und dir das Singen verboten habe. Das war sehr egoistisch von mir. Aber …« Mama rang nach Worten, es fiel ihr sichtlich schwer, so offen mit mir darüber zu reden. Dabei wusste ich längst, was sie mir sagen wollte.

»Weißt du, Geraldine und ich, wir waren mal beste Freundinnen. Aber dann ging es immer nur um ihre Auftritte und ihre Erfolge, immer musste sie nur singen, singen, singen. Wir haben uns zerstritten – und nie wieder gesehen, aus den Augen verloren, das Leben eben. Und nach Papas Tod wollte ich dann erst recht nie wieder etwas mit Musik zu tun haben. Glaube mir, er wäre unglaublich stolz auf dich!« Mama hielt inne, atmete tief aus und wischte sich über die Augen. Dann sah sie mich an. Und ich sah Mama an. Wir schwiegen beide und am liebsten hätte ich losgeweint. Vor Freude und Erleichterung. Und Glück.

»Ich weiß gar nicht, was ich ihr sagen soll, wenn wir uns wieder begegnen!« Mama drehte nachdenklich die Karte in der Hand.

»Kannst ja Ole mitnehmen«, krähte Oskar und da mussten wir alle lachen.

Das war's dann mit dem Mutter-Tochter-Ding, alles andere wäre ja auch nicht zum Aushalten gewesen, zumal ich bemerkte, dass Oskars Bemerkung meiner Mutter rote Wangen gezaubert hatte. Da hatte Shark mit ihrer Kitschfilm-Theorie also doch recht gehabt! Einmal Pilcher, immer Pilcher.

»Viel zu lernen du noch hast«, hätte Meister Yoda zu mir gesagt – ich hätte ihm noch nicht einmal widersprochen.

Ich stand auf der Bühne und versuchte zu ignorieren, dass die Scheinwerfer auf meinem Rücken einen Sonnenbrand entflammten und den Schweiß in feinen Rinnsalen über meinen Körper fließen ließ. Die Aula zu meinen Füßen war rappelvoll, gefüllt mit aufgeregten Eltern, gelangweilten Lehrern und genervten Brüdern und Schwestern, die zur Aufführung ihrer Geschwister mitmussten. Wie jedes Jahr zur Weihnachtszeit, wenn alle Vereine ihre Feiern durchführten und alle von Plätzchen und Punsch langsam, aber sicher überzuckerten.

Ganz vorne und ganz in Schwarz und mit einer Silbersternchenleggings bekleidet, saß Shark, noch aufgeregter als ich, ihre karierte Strähne flog wie ein Propeller um sie herum. Eine Reihe dahinter entdeckte ich Doktor Blubb, Herrn Nüsslein-Büchsenschütz und Frau Kimpel, neben ihr den Martenstein, Hendrik Petersen und meine Mutter, die tatsächlich in Begleitung von Ole Breitmoser gekommen war, der mir mit seiner gesunden Hand den Daumen entgegenstreckte. Neben ihr auf der anderen Seite saß Oskar, der aufgeregt hin und her zappelte und versuchte, über die Köpfe der anderen hinweg genug zu sehen. Natürlich hatte er keine Sitzerhöhung mitgenommen, schließlich war er ja auch um einen Zentimeter gewachsen! Weiter hinten hatten sich meine Mitschüler vergraben, Pia, Vanessa und die anderen, neben ihnen Suzu und Jonas, Letzterer ohne seinen Vater und ohne belegtes Brot. Die MÖKs saßen an der Seite rechts von mir und hatten ihre Smartphones im Anschlag. Na, das konnte ja witzig werden, bitte nicht auch noch Online-Bashing! Hilfe suchend schaute ich zu Shark, doch die lächelte mich nur unentwegt an, also lächelte ich zurück, konzentrierte mich auf meine Atmung und wartete auf meinen Einsatz. Wie oft hatte ich den Hit in den vergangenen Wochen geprobt! Wie oft dem Klang-Klang-Klong des Glockenspiels zu Beginn gelauscht, mitgezählt, bis das Becken loswirbelte und mir den Takt überließ.

»I don't want a lot for Christmas, there is just one thing I need«, begann ich mein Solo und meine Stimme traf sicher jeden Ton, ich war sofort mitten im Lied, sauber, klar, glockenhell und kräftig, das Geraune zu meinen Füßen verstummte, alle Blicke waren auf mich gerichtet. Natürlich kannte jeder im Saal den alten Hit von Mariah Carey und was soll ich sagen: Nach meinem leisen, langsamen gefühlvollen Auftakt konnte kaum noch einer stillsitzen, spätestens als das Piano und die Drum Sets einsetzten, wippte und klatschte jeder im Saal, niemanden hielt es mehr auf dem Stuhl, sondern alle swingten und tanzten mit mir mit, die Aula rockte und bebte. Ich fegte über die Bühne, sang mit Leib und Seele, die Töne sprudelten

nur so aus mir heraus und mit meinem »YOUU-UUU« übertönte ich beim Finale den restlichen Chor, das Klavier, alle.
Tosender Beifall holte mich in die Wirklichkeit zurück, alle freuten und lachten und klatschten in einer Tour, allen voran Shark, die mich anstrahlte wie ein Weihnachtsbaum, und das lag sicher nicht an ihren Silbersternchen-Leggings. Ich stand oben auf der Bühne und hielt mich am Mikro fest, knallvoll mit Musik, es war ein unfassbarer Moment und ich brauchte ein paar Sekunden, um zu kapieren, dass ich es war, die da oben stand. Mein Herz hämmerte vor Glück.
Alle Menschen um mich herum tanzten glücklich, die Okarina lag dem Petersen im Arm, Frau Kimpel und Herr Nüsslein-Büchsenschütz hielten sich umschlungen, selbst der Imperator wirkte glücklich und gelöst. Ole wirbelte Mama herum, Oskar stand auf einem Stuhl und wackelte wie wild, Özge hielt ihn gerade noch so fest.
Özge? Ich traute meinen Augen kaum. Tatsächlich. Özge winkte mir zu, jubelte wie alle anderen und warf Glitzerkonfetti in die Luft! Nur Marie und Katharina verzogen genervt ihre geschminkten Gesichter. Schnell guckte ich weg, schüttelte den Kopf, blinzelte für einen Moment und kniff mir in den Arm, um wieder klar denken zu können. Als ich die Augen öffnete und mich umschaute, war Shark verschwunden.

Ilona Einwohlt

Erdbeersommer

Erdbeerwettessen mit Kumpel Finn, Tagträumen in den Dünen mit ihrer besten Freundin Mareike und lange Ausritte auf dem geliebten Schimmel Hauke – Liv freut sich riesig auf die Ferien an der Nordsee! Auf dem Pferdehof ihrer Tante kann der Sommer nur perfekt werden. Als sie dann auch noch Jan kennenlernt, schlägt nicht nur ihr Pferdeherz höher. Auch wenn den Fußballstar und Mädchenheld sonst keiner so wirklich leiden kann, ist Liv sofort bis über beide Ohren verliebt. Doch Jan scheint ein Geheimnis zu haben, über das niemand im Ort reden will. Erst bei einem Ausflug ins nebelige Watt kommen Dinge ans Licht, mit denen Liv nie gerechnet hätte.

Mascha May

Das Schneekugel-Desaster

Und das alles nur für einen Kuss

Hätte Marie nur nicht die Zettel mit ihren geheimsten Wünschen in ihrer Schneekugel versteckt! Dann wäre es jetzt kein Weltuntergang, dass diese aus Versehen in den Besitz von Finn gelangt ist, einem Jungen aus ihrer Schule. Ein Plan muss her, um die Schneekugel zurückzubekommen, bevor Finn das Geheimfach entdeckt und erfährt, dass Marie sich einen Kuss von seinem Kumpel Tino wünscht! Zum Glück hat Marie ihre Cousine an ihrer Seite, denn die ist um keine Idee verlegen. Aber all ihre Pläne sehen vor, dass Marie Finns Nähe sucht. Und dabei schleicht er sich unbemerkt in ihre Wünsche – und in ihr Herz ...

Arena

Auch als E-Book erhältlich

240 Seiten • Gebunden
ISBN 978-3-401-60408-4
www.arena-verlag.de

Kerstin & Noa Kropac

Erdbeereis ist auch keine Lösung

Cosi ist am Boden zerstört. Lenni, ihre große Liebe, hat mit ihr Schluss gemacht! Da findet ihre beste Freundin Klara Hilfe: Ihre Lieblings-YouTuberin postet täglich einen todsicheren »Ex zurück«-Tipp! Was dort so leicht klingt, macht die Sache jedoch erst recht kompliziert. Durch einen blöden Zufall kriecht Cosi direkt vor seinen Augen aus einer Mülltonne – ist das jetzt geheimnisvoll oder einfach nur total peinlich? Und soll sie wirklich mit dem Klassen-Nerd flirten, um Lenni eifersüchtig zu machen? Da ist Chaos vorprogrammiert! Zum Glück kann Cosi auf ihre beste Freundin zählen – und auf ihr Herz.

Arena

Auch als E-Book erhältlich

240 Seiten • Klappenbroschur
ISBN 978-3-401-60260-8
www.arena-verlag.de

Emma Flint

Jungs verstehen das nicht

Katinka hat ein echt schlamasseliges Leben. Und seit sie ihre Lehrerin neulich mit Sonnenmilch abgeschossen hat, ist es eine ausgewachsene Katastrophe! Sogar ihrem besten Freund Mats ist sie plötzlich peinlich. Schlimmer noch: Er versteht Katinka überhaupt nicht mehr. Dabei ist er es doch, der einfach nichts mehr kapiert! Zum Beispiel, warum es manchmal lebensnotwendig ist, im Unterricht Zettel zu schreiben, Freundschaftsarmbänder zu tragen oder zu tanzen. All die Sachen eben, die Mädchen gut finden! Muss Katinka etwa ab sofort Basketball, Spinnen und Ballerspiele mögen, um ihre Freundschaft mit Mats zu retten? Warum ist das mit Jungs überhaupt auf einmal so kompliziert? Um das herauszufinden, hat Katinka ihr Tagebuch – und das Geheimprojekt »Jungs verstehen das nicht«!

Arena

Auch als E-Book erhältlich

280 Seiten • Gebunden
ISBN 978-3-401-60316-2
www.arena-verlag.de